茶韵心香

CHAYUN XINXIANG

林治 著

林治茶诗三百首

茶韵悠悠 心香醉人

世界图书出版公司
西安 北京 上海 广州

图书在版编目（CIP）数据

茶韵心香/林治著. —西安：世界图书出版西安有限公司，2017.8

ISBN 978-7-5192-3119-4

Ⅰ. ①茶… Ⅱ. ①林… Ⅲ. ①诗集—中国—当代 Ⅳ. ①I227

中国版本图书馆CIP数据核字(2017)第200075号

书　　名	茶韵心香 —— 林治茶诗三百首
著　　者	林　治
责任编辑	李江彬
装帧设计	诗风文化
出版发行	**世界图书出版西安有限公司**
地　　址	西安市北大街85号
邮　　编	710003
电　　话	029-87214941　87233647（市场营销部） 029-87234767（总编室）
网　　址	http//www.wpcxa.com
邮　　箱	xast@wpcxa.com
经　　销	全国各地新华书店
印　　刷	陕西天意印务有限责任公司
成品尺寸	787mm × 1092mm　1/16
印　　张	18.5
字　　数	300千字
版　　次	2017年8月第1版
印　　次	2017年8月第1次印刷
书　　号	ISBN 978-7-5192-3119-4
定　　价	58.00元

前言

自小受长辈的影响酷爱诗与茶。诗为心声可言志，茶是甘露能清神。这两大爱好伴随着我走过了风霜雨雪不断的坎坷人生，即使生活有时很无奈，很艰辛，但从来不苟且。相反，有了诗，生活便如苦茶，只要你懂得品，苦后一定会回甘，使身心充满愉悦。

我虽然爱诗，也时不时地写上几首，但是却疏于对平仄的推敲。因为我不是专业诗人，写诗只为自娱自乐，打发寂寥，抒发真情，表现自我，丝毫没有要为振兴诗国雄风而作的雄心壮志，也没有想成为文人雅士的远大理想。此次出版《茶韵心香》其实只是自己内心对茶痴爱的真情流露，是为抒发自己的心灵感受而写的。我认为写诗之乐，乐在“假文字之舟，发肺腑之言”。品茶之乐在于借茶的自然之韵，养自己的自然之性。一切都贵在自然，其实读诗何尝不是贵在自然呢？希望朋友们怀着平常心来读这些诗，如果其中有一两首能引发您的共鸣，我深感荣幸矣！

2017年8月

序

茶韵清入骨，心香只一如

“一切有为法，如梦幻泡影，如露亦如电，应作如是观。”茶人林治老师性嗜茶，喜佛禅，用金刚六如来命名他的茶室、茶艺中心，并且以“六如茶痴”为号，六如之名，经由茶人的提倡，在中国茶道界已是名满天下了。

既然因缘和合而成的万事万物，都如梦、幻、泡、影、露、电般虚幻、无常、不实，这世上到底还有什么可以为之魂牵梦萦、念兹在兹的？如果有这样的一份眷念，会不会与《金刚经》的意旨相违背？如果没有这样的一份眷念，生无可恋，生命的意义、价值、欢乐，又何以安立？

焚香展读茶人林治老师的新作《茶韵心香》，我惊喜地发现了答案。

在茶人林治老师的眼里，如梦幻泡影露电的，是喧喧红尘，扰扰世事；在虚幻的世间，仍然要感悟到一份真实的生命，这就是“如梦如幻如泡影，活在当下方是真”的禅心，就是这情思袅袅的茶韵心香。茶人林治老师曾用金刚六如之意作成对联：“如梦如幻如露如电如泡影，惜花惜月惜情惜缘惜人生。”对这份茶韵心香，细细体悟，聆之品之，赏之沐之，自然而然地会令人和谐万物，静心悟道，怡然身心，真心显露。

历尽尘世浮华，茶韵心香如故。

一如既往，不忘初心

日本茶道鼻祖珠光谈品茶的初心时说："柳绿花红。"柳以"绿"的形态在绿着，花用"红"的形态在红着，这里的"绿"与"红"，是没有经由意识分别的原来的状态，柳绿花红，就是世界没有被污染时的本来面目。"千古春色示禅意，花红柳绿草青青。"可惜的是，这本来面目，往往被现实世界中掀天揭地的红尘所遮蔽。我们已经在外流浪得太久，以致于早已忘却了出发时的初心。茶人在成为茶人之前，也曾厕身于官场，碌碌风尘，为五斗米折腰，后来毅然决然地长揖仕途，"老来不做京华梦，且回山野为茶忙"。怀着赤子初心，回到了草木之中，汲月煎茶，东篱赏菊，带着初心到原始茶林散步，"让丢失的灵魂慢慢跟上"。这是时光静美的归根复命的生活。带着初心看世界，自性的圆月便分外地晶莹，无论沧海桑田，无论物是人非，"心中的她，都和初见时一样！"

"用闲情品茶，用初心做事。"带着初心，茶人行走在茶的世界，当茶人与美丽栀子花邂逅时，就分外惊艳于她"能在污秽的浊世不染尘埃"中的美丽；有了初心，就能抛却生活中的苟且，使浑浑噩噩的生活充满着诗情画意："只要身边有茶，世界处处精彩！""生活再苟且，毕竟有茶相伴！""抛弃苟且与无奈，在红尘中过如茶的生活！""在茶人的心中，永远有诗有梦有远方！"

一如既往，童心烂漫

儒云："人之初，性本善。"道曰："复归于婴儿。"佛说："不离初心。”初心就是没有污染的童心。虽然流年暗中变换，茶人已然不知不觉间踏上了古稀之年的门槛，但他的心中，还希望自己是一个“忘龄人”，还犹然驻着一个未经世染的童子。在他寻茶问茶泡茶的时时刻刻、在在处处，一直与童心同行，“茶之旅只与童心为伴”。就这样，茶人把童年的梦想和成年的思索，统统打进了背囊，“由茶香引路，任心儿自由飞翔！”用童心看世界，这世界就美丽得如同童话，跟着童话走，“风花雪月”也都成了朋友。

有了这烂漫的童心，茶人对充满乡土气息的茶歌便分外陶醉。少数民族的《采茶歌》《筛茶歌》《茶山小调》《六口茶歌》，茶气生猛，茶韵绵长，奔放热烈，深深地打动了茶人，感召着茶人把《六口茶歌》翻唱成新词《供茶问佛》：“供佛一盏茶呀，问佛一句话：请问这个世界上，啥茶是好茶？佛受一盏茶呀，闭口不回答。好像是在笑话我，是个大傻瓜！”活泼俏皮的民歌曲调，配上朴直俚俗的词语，声情摇曳，谐趣横生。这是一个多么可爱的“傻瓜”，傻得让人欣赏喜爱，傻得让人击节赞叹。这里全然没有那个蜚声天下的茶道大师，有的只是一个老顽童，一个“大傻瓜”。也正是因为有了这烂漫的童心，在“5·20”的夜晚，在“超级月亮”的夜晚，在每一个值得纪念的夜晚，茶人都与茶相亲相厮守，相伴到天明。

一如既往，爱茶成痴

明人袁宏道说，这世上“语言无味、面目可憎之人”，都是没有癖好的人（《瓶史·好事》）。张岱的话更加令人拊掌称绝：“人无癖不可与交，以其无深情也（《陶庵梦忆》卷四）！”林治茶人，则是一个对茶有着膏肓之癖的有味有趣有情之人。他爱茶成癖，爱茶成痴。在茶人的心中，茶永远最美，是能喝的唐诗宋词，是《聊斋》里的小翠，是

观音菩萨净瓶中的甘露。茶人“生来爱佳茗”，并且自觉觉他，自度度他，“开口便劝吃茶去！不怕世人笑我痴”。

不论是霸气劲溢的老班章，还是柔和香甘的冰岛，是明媚绰约的月光美人，还是空谷幽兰的明前龙井，不论是天心禅寺的明月，布朗山的万壑松涛，还是梅家坞的杏花春雨，都有茶人的身影流连其间。茶人对茶的喜爱，就像壶对茶、水对茶的喜爱：“我像壶，生来就是为了把你揽在怀抱！”“我怀着滚烫的心，在紫砂壶中与你相会。”但同时，茶人虽然爱茶成痴，却并不贪执，这是因为在茶心的里面，氤氲了应无所住的禅心：“煮什么茶？铁观音、大红袍？老班章、冰岛？其实都不重要……只是体验，不求得到，这就是禅的奥妙！”

一如既往，情定三生

相传有一条路叫黄泉路，路上有一条河叫忘川，河上有一座桥叫奈何桥。走过奈何桥，有一个土堆叫望乡台，望乡台边有个老妇人在卖孟婆汤，忘川的边上有一块石头叫三生石。三生石记载着前世今生的故事，孟婆汤却让人将前世的记忆归零。孟婆这样做，是为了让人再入轮回时，忘却了前世的情爱与泪痕。但纵然饮了忘情水，转世之后，多情的人儿，记忆深处也依然浮现起前世今生的情景，正如那首唐诗中的深情歌吟：“三生石上旧精魂，赏月吟风莫要论，惭愧情人远相访，此身虽异性长存！”

三生石上，茶人一往深情、心怀憧憬地在作千年万年的等待。他痴情苦等的，正是三生石上的前世的知音。三生石上，镌刻着茶人与茶地老天荒的情缘。茶人摒落了万缘，超脱了万事，却超脱不了对茶的铭心牵挂。因为这茶是“三生石下的冤家”，茶人虽然“喝过了千次孟婆汤，仍不忘与你地老天荒的情话”。于是，前世的记忆炽然地复活：“我们

在一起最美的时光，是执手三生石下，交换地老天荒的誓言。”水等待了千年，等着在怀抱中将茶溶化；茶等待了千年，等着在水中绽放出生命的芳华。

在茶人的眼里，茶是灵山会上佛陀手中拈着的那株金色优菠萝花。佛祖拈花，迦叶微笑，迦叶尊者与那株花便因这破颜一笑而结缘。那株佛祖拈着的花，“今生化作仙山灵芽”，用心香唤醒茶人的灵魂。这就是茶人“与茶共结今生来世不了情”“生生世世作茶人”的夙世情缘。

一如既往，广结茶缘

观世音菩萨有三十二化身普度众生，茶人的前世也曾经是一位圣僧，今生为了还愿，为了延续与众生的不了情，才用茶人的形态，不是用托钵而是用托盏来度化世人：“前世是圣僧，今生坠红尘。托钵改托盏，以茶度世人。”

茶人是一片茶叶，愿意为众生去赴汤蹈火，为的是“把甘露装满茶壶”。茶人与世人广结茶缘，也希望世人做一片茶叶，“在山野时自在逍遥”“在沸水中实现涅槃”。茶人赞美所有的茶人都是“活菩萨”，能在一杯茶中悟出人生的三昧：“新陈各有韵，沉浮皆潇洒”“杯空纳万福，杯满映流霞。”新茶、陈茶都有其韵味，浮在盏面、沉入杯底都了无牵挂；杯子空时可以吸纳福报，杯子满时可以辉映流霞。随缘任运，安住当下。

茶人不管在什么时候，都在等待有缘人前来共品一杯禅茶。如果茶人泡好了茶，你却不来，痴情的茶人就会“在寒冷的冬夜，等待再等待”。世界那么大，一起去看看，茶人期待着“有茶香相伴，有知音同行”。德有邻，必不孤。只要“跟着茶香走”“莫道世界是荒漠，茶人处处有挚友”。

一如既往，妙悟禅机

味禅茶味，茶禅一味。茶人的茶韵心香中，洋溢着禅韵佛香。茶人看到“无量山顶的圆月，放射出灵性的佛光”；茶人“武夷山的梦，常带着禅意的茶香”；茶人在寺中听雨，雨声与梵音相伴，“天籁与佛乐汇成绝妙的乐章，一种神奇的知觉被唤醒，心灯被无限生机点亮”。

“未曾生我谁是我，生我之时我是谁？”顺治皇帝《归山词》中的这两句话，是禅宗参究的一大话头。无数的参禅者，“禅榻蒲团熬腿子，苦苦参究无数年”，都拚命地想透过这一禅关，怎奈大部分人都如蚊子上铁牛，全无下嘴处。茶人就这个问题叩问佛祖，佛祖点化他：“茶喝透时即明白！”果然，等茶人的生命有了历练，喝透了禅茶时，“平生纠结我是谁”的问题便豁然而解：“忽然顿悟我是我，心香一瓣发莲花！”

当茶人悟透了“我是谁”时，一杯茶中就有了禅意，就有了涅槃。涅槃就是赴汤蹈火，大死大活，将小我升华为大我，将大我升华为无我。泡茶时，看茶芽在沸水中苏醒，就是“赴汤蹈火后实现了涅槃”；当茶叶在沸水中涅槃时，永恒的无我便随之出现，杯中的茶汤，便洋溢着活力和激情，“诠释着生命的永恒！”茶人“看茶芽在水中苏醒，倾吐出消魂夺魄的爱”时，蓦然感悟到，我的实相就是无我，涅槃的实相就是无我的大爱。

涅槃是熄灭了痛苦的悟道境界。小我消失，无我呈显，就是涅槃。在涅槃中，在无我中，坦然细细品味，就会发现这一盏人生百味的茶，甘苦是一家，一切对立分别的境界就悉数脱落，一颗应无所住的禅心、圆融和美的禅心、了无挂碍的禅心、涅槃寂静的禅心，就活泼泼地呈现：“苦也罢，甘也罢，甘不贪恋苦不怕。浓也罢，淡也罢，无浓无淡无牵挂。冷也罢，热也罢，世态炎凉任变化。沉也罢，浮也罢，莫以浮沉论高下。

褒也罢，贬也罢，世人褒贬皆闲话。贵也罢，贱也罢，莫以铜臭薰灵芽。”人生如茶，茶如人生。茶味禅味，茶禅一味。

茶人说：“人生百年等闲过，唯留茶香润心田！”人生短暂，留下茶香，即是美好。茶人的茶诗，就是奉献给世界的缕缕茶香，浸润着有缘人的心田。

十年前，我曾忝为茶人的《茶道养生》作序，就是因为赞叹于那本著作“不是写出来的，而是走出来的，是以一个茶人的空灵与坚实，遍访茶乡，深入仙佛窟宅，一步一步地丈量出来的”。这本新作同样如此，是茶人从生命历练中升华出来的至情至性的感悟。虽然十年光阴在不知不觉间冉冉而去，一切有为法，如梦、幻、泡、影、露、电，但是在变中有不变，在一朝风月中有万古长空，在无常中有永恒，在生死中有涅槃。从“六如”的境界一转身，就是“一如”：

一如既往，不忘初心；一如既往，童心烂漫；一如既往，爱茶成痴；一如既往，情定三生；一如既往，广结茶缘；一如既往，妙悟禅机。

零落成泥碾作尘，只有香如故。

始终一如，始终如一。这始终如一的，是茶人生命中绽放出来的茶韵心香，是“惜花惜月惜情惜缘惜人生”的至情至性。

一如就是如一，如一就是如如。

让我们做一片茶叶，在沸水中翩然起舞吧。

如如，不动；不动，如如。

陕西师范大学教授、博士生导师　吴言生

2017 年 4 月 29 日（文殊诞日）于佛音阁

目录

茶韵心香　林治茶诗三百首

卷一　自由诗

（一）问茶

（二）品茶

（三）咏茶

（四）其他

卷二　七言古诗

（一）品佳茗

（二）品意境

（三）品禅韵

（四）其他

卷三　七言杂诗十五首

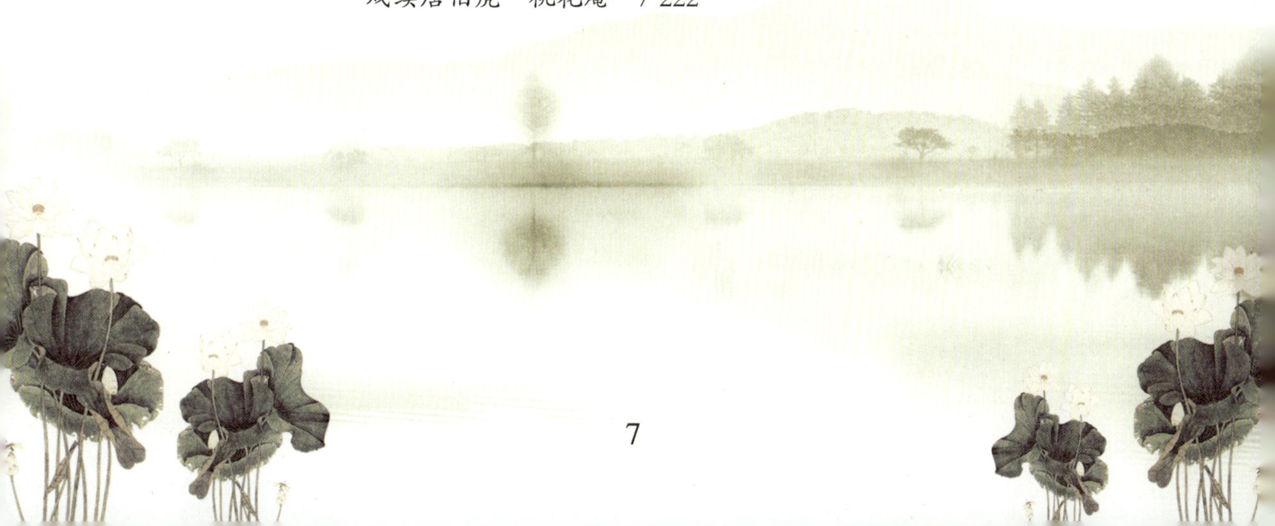

卷四　组诗

（一）小舟四首

（二）茶与月十首

（三）藏头诗十首 /

（四）罗汉论茶十首

（五）步原韵和友人十首

（六）品茗感悟诗六首

卷五 词

卷一

自由诗

（一）问茶

神州问茶

——1997年5月作于神州问茶途中

我走，我问，把童年的梦想和成年的思索，统统打进背囊。
由茶香引路，任心儿自由飞翔！
我走，我问，采得千山灵芽，汲来一溪风月，把茶煎的浓浓。
当茶香沁透肌骨，我看到了天堂的彩虹！
我走，我问，有茶香相伴，谁与我同行？

飞向云南①

——2011年秋作于勐海县老班章村陈升茶厂

飞向云南，飞向云南。
飞向茶的故乡，飞向云的花房，
飞向爱情故事的摇篮，飞向流浪者的天堂。
飞到云南，不为来邀彝族阿细一起跳月。
不为来访，唱着《小河淌水》②的姑娘。
飞到云南，不为来看，当年插下的那双筷子③，
是否已长成了连理树。

注①：此诗作于老班章村，老班章村属于云南省西双版纳傣族自治州勐海县布朗山布朗族乡管辖，距县城约60公里，所出产的普洱茶被好茶者尊为“茶王”，外形条索肥壮，多绒毛，有强烈的山野气韵和特有的奇香，口感霸气，令人振奋，苦涩味退得快，回甘强烈而持久。

注②：小河淌水是一首云南民歌，由尹宜公创作于1947年。歌词质朴自然，富于想象，感情真挚、内在，音区较高，音域较宽，表现出少女的活力与纯情，是一首经典的民歌作品。

注③：云南旅游界形容云南土地的肥沃和生机活力说“插双筷子都能长成大树”。

不为践约，
把傣家小阿妹的香茅草烤肉细细品尝。
飞到云南啊！
飞到云南！
只为来挽着普洱茶的芬芳，向她倾诉衷肠。
啊！明月清风，可愿意做我们的伴娘？
啊！百花盛开的茶山，可愿意做我们的洞房？

茶马古道

——2013年夏作于普洱市

茶马古道曲折绵延，
踏上它，怀古的思绪便穿越千年。
茶马古道盘旋山间，
沿着它，马帮的铃声便响在耳边。
茶马古道，浸透血汗的路。
千里石径上深深的蹄印，
刻写着，赶马人历尽的千难万险。
茶马古道，茶魂筑就的路。

沿途村寨里山花般的故事，至今传颂着，
茶人苦中能乐的浪漫诗篇。
茶马古道①啊！谱写史诗的路。
普洱茶从这里运往五洲，标志着华夏儿女
从这里把康乐传遍人间！

注①：茶马古道是指存在于中国西南地区，以马帮为主要交通工具的民间国际商贸通道，是中国西南民族经济文化交流的走廊。茶马古道分川藏线、滇藏线两路，兴于唐宋，盛于明清，二战中后期最为兴盛。2013 年 3 月 5 日，茶马古道被国务院列为第七批全国重点文物保护单位，这年的秋季，我和茶马司董事长胡浩明先生重走茶马古道滇藏路，谨以此诗献给所有为振兴普洱茶产业而忘我奋斗的人。

十月云南茶之旅[①]

——2016年10月5日作于西安到广州的G98高铁

十月的云南，蓝天是彩云的花房。
十月的云南，谷花茶发出迷人的芳香。
十月的云南，奇瓜异果等你来采。
十月的云南，各种菌类等你来尝。
来吧，朋友！
带着心到原始茶林散步，让丢失的灵魂慢慢跟上。
来吧，朋友！
告别烦恼和紧张，茶之旅只与童心为伴。

注①：此诗为“六如”与云南陈升号茶业有限公司联合举办的茶道养生游学班而作。

清晨，去亲一亲茶芽上的露珠，
体验初吻时狂情夺魄的惊喜。
晚上，去窥探澜沧江中的明月，
看是否和沐浴的阿妹一样漂亮。
来吧，朋友！
来参加茶之旅，来体验康乐生活新时尚。
来吧，朋友！把梦的种子种在云南，
带回幸福的果实终身相伴！

告别世界茶仓临沧①

——2013年作于临沧市双江拉祜族、佤族、布朗族、傣族自治县

高原的星星，点亮了童年的梦。
茶山的朝阳，烧沸了心中的情。
清风挽袖，柔情地要留我长住。
朝霞献舞，像是在为我壮行。
留下？
这里的碧水蓝天和笑容，已是我心中的依恋。

注①：临沧市是云南省第一产茶大市，被誉为“天下普洱第一仓”，茶区主要集中在沧源、双江、凤庆等地，最出名的山头当属于勐库十八寨， 包括大名鼎鼎的冰岛、昔归、坝糯，所产的名茶滋味各有千秋。

离去？
远方无数茶山，都呼唤着我继续向前。
向前！去接受生命之绿的拥抱。
向前！去体验佳木灵芽的香吻。
永远向前！是我与茶三生石下的约定。
永远向前！是我与茶地老天荒的情缘……

帕沙①问茶

——2013年秋作于云南勐海县格朗和哈尼族乡

问茶到帕沙！问茶到帕沙！
茶林的红土路像红地毯，
通向婚礼殿堂，等待我们出发。
问茶到帕沙！问茶到帕沙！
我驾万里长风，你披满身彩霞，
那一缕美丽的祥云，是我献给你的婚纱。
问茶到帕沙！
这里，每一株茶树都凝聚了日月精华。
这里，每一片茶叶都吟颂着古老神话。

注①：帕沙村隶属于云南省西双版纳州勐海县格朗和哈尼族乡，距县城33公里。全村国土面积61.78平方公里，海拔1200～2000米，盛产茶叶。帕沙古树茶主要分布在村寨周围，其中帕沙老寨的古树茶品质最好，茶树龄在三百年到六百年左右，也有几十年的小茶树。纯正的帕沙茶以清甜而著称，海拔越高，茶的韵味越足。

这里，每粒种子都为美而发芽。
这里，每株小草都为爱而开花。
问茶到帕沙！我已挽紧了你千年等待的手，
让我们生生世世结合吧！
听，然达『哈尼语：小伙子』已把欢乐的竹笛吹响。
看，米达『哈尼语：姑娘』为我们捧来了美丽的山花。
亲友们唱起了悠远的老调。
与茶结合的婚宴就设在咱哈尼家！

小路

——2016年4月写于贵州凤冈县仙人岭

小路，小路，通向茶林深处。
那里有座木屋，诱我携梦入住。
入住，入住，请来七个小矮人，帮我洒扫庭除。
备好凤冈翠芽①，款待白雪公主，
共写茶的童话，让它流传千古！

注①：凤冈翠芽是贵州省凤冈县的创新名优绿茶，它集富锌、富硒、有机三位一体，是天然营养保健茶。凤冈翠芽条索秀美，汤色嫩绿，香气高雅，滋味鲜爽，回甘持久，叶底均齐成朵，2015年被评为意大利米兰世博会金骆驼奖，名列中国世博百年名茶。

七月陪你去草原

——2011年7月作于新疆伊犁大草①

七月陪你去草原，悠悠的白云蓝蓝的天。
风送花香吻我脸，爽爽的感觉真新鲜。
七月陪你去草原，芳草鲜花满山涧。
驰马惊起双云雀，一串串歌声入云天。
七月陪你去草原，茶香奶香绕炊烟。
手抓羊肉就奶茶，嘿，咱不羡帝王不羡仙！

注①：新疆旅游界流传着两句话：“不到新疆就不知道中国有多大；到了新疆，不到伊犁就不知道新疆有多美。”2011年7月，我有幸在新疆茶友张国胜等人的陪同下到伊犁草原住了几天，建议朋友们抽空也到伊犁高山草原去看看，一定会留下美好的回忆。

贵阳夜雨

——2009年12月问茶于贵阳

在神秘的夜郎，我 体验着夜雨打湿的冬天。
隔窗怅望雨烟，
雨烟！雨烟！莫非来自离恨天？
带点冷漠，带点缠绵，点点滴滴，
被霓虹灯照成了凄美的诗篇。
我泡了一杯滚烫的茶，怕冬雨浇冷对你的思念。
我咽下一口热茶，把夜郎雨夜烙在了心间！

佛性

——问茶云南景谷县而作①

昨夜，无量山顶的圆月，放射出灵性的佛光。
威远江的流水，把月光揉碎，铺就满江的梦幻。
每一点月光，都折射出无尽的遐想。
每一圈涟漪，都勾勒出天堂的景象。
景谷茶园的清风，亲吻着我的脸庞。
威远江的流水，为清风热情鼓掌，
夸她爱得大胆，夸她爱的坦然。
其实佛性就是这样：像风、像水、像茶、像月光。

注①：景谷县全称景谷傣族彝族自治县，隶属于云南普洱市，这里山高谷深，“一山分四季，十里不同天”，形成了北热带、南亚热带、中亚热带、北亚热带和温带五种气候类型，且有“佛国圣地”之誉，旅游资源非常丰富。景谷茶厂出产的普洱茶、秧塔白茶、月光美人等独具特色，享有盛誉。

找诗

——2014年春问茶作于广州白云机场

我登上高山找诗，总喜爱极目远眺，等待再等待。
等待日落，用热泪送别夕阳，那便是我心中的诗。
我漫步林间找诗，总喜爱静卧芳丛，等待再等待。
等待风起，用怜惜拾起落叶，那便是我心中的诗。
我面向大海找诗，总喜爱枕石听涛，等待再等待。
等待月出，跃入碧波揽明月，那便是我心中的诗。

我梦中醒来找诗，总喜爱煮壶热茶，等待再等待。
等待黎明，给我披上霞光，那便是我心中的诗。
我徘徊红尘找诗，总喜爱心怀憧憬，等待再等待。
等待下雨，和你同撑一把伞。
天涯去问茶，那才是我心中最美的诗！

北京西山观落日

——2014年秋作于北京西山

京城深秋送夕阳，日薄西山，
脉脉余晖遣情伤。
更有西风催落叶，几片飘零，
几片枝头忆春光。
人生何处是故乡，久经流浪，
方知海阔山遥天地宽。
西山虽非乐游原①，心中有月，
一样梦里醉茶香。

注①：乐游原位于西安城南，是唐代长安城内地势最高的观景佳处，我的茶文化工作室就在乐游原下。李商隐的诗“向晚意不适，驱车登古原。夕阳无限好，只是近黄昏。”使得乐游原家喻户晓。

问茶的行者

——2015年2月作于新疆库尔勒①

跟着心儿走，让梦牵着我的手。
冰封万里雪野中，春天已经在招手。
跟着茶香走，让爱牵着我的手。
莫道世界是荒漠，茶人处处有挚友。
跟着感觉走，让风牵着我的手。
红尘白浪任逍遥，高歌走向天尽头。
跟着童话走，风花雪月皆朋友。
天山品罢雪莲茶，月宫再喝桂花酒！

注①：库尔勒市是新疆巴音郭楞蒙古自治州的首府，地处欧亚大陆和新疆腹心地带，南距“死亡之海”世界第二大沙漠——塔克拉玛干沙漠直线距离仅70公里，是古丝绸之路中道的咽喉之地和西域文化的发源地之一。“库尔勒”维吾尔语意为“眺望”，因盛产驰名中外的“库尔勒香梨”，又称“梨城”。我曾两次到这里了解当地的饮茶习俗。

我愿

——2014年4月作于宜兴

我愿，陪你走进四月天，共撑一把伞，
漫步在芳菲小路，陶醉于春雨和花缠绵。
我愿，陪你走进四月天，仰卧芳草地，
透过梨花的疏枝，欣赏云聚云散的悠闲。
我愿，陪你走进四月天，采朵蒲公英，
让『停不下来的爱』①，扎根在我们的心田。
我愿，陪你走进四月天。煮壶大红袍，
深情地默默对啜，同品苦涩与甘甜。

注①：蒲公英的花语是“停不下来的爱”或“无法停留的爱”茶人要做的是让“停不下来的爱”扎根心田，永驻心间。

今夜给自己泡壶茶

——2014年9月作于宁夏银川

今夜给自己泡壶茶，静静地泡，静静地品，
让自己在茶香中静静融化。
今夜在旅途泡壶茶，品味孤独，享受寂寞，
让心在『居闲趣寂』[①]中升华。
今夜伴着古琴泡壶茶，邀来明月，请来鲜花，
让生命在苟且中活出潇洒。

注①："居闲趣寂"是茶圣陆羽提出的悟道标准。"居闲"是指处世永远保持一颗虚静、空灵、闲适的心。"趣寂"是指能从容淡定地在寂寞的生活中体验生命的乐趣。这样的人一定能彻悟"日日是好日"。

一起随波飘零

——2015年夏问茶到黄州而作

我多想划一叶扁舟，载着你去旅行。
到盘古开天辟地的峡谷，
体验山的坚毅，感受水的柔情。
我多想变一叶扁舟，化入波光云影。
无论你仰望还是俯瞰，
都是美丽的梦幻，都那么洒脱多情。
我多想泡一壶清茶，和你泛舟品茗。
再邀上豪放的苏轼，
高歌『大江东去』①，一起随波飘零。

注①：诗中的“大江东去”是指苏轼北贬到黄州时作的《念奴娇．赤壁怀古》，词中的“大江东去，浪淘尽，千古风流人物。故垒西边，人道是，三国周郎赤壁……”气壮山河，传颂千古。

醒来吧，忘龄人

——2015年问茶到景迈山[1]作于柏联山庄

朝阳，张开了温暖的臂膀，
拥着我深情相望。
云海茫茫，秋风浩荡，
我听到大自然在呼唤：
醒来吧！
爱茶的忘龄人，快用朝阳煮沸泉水，
沏一杯苦茶，体验苦后回甘的酣畅！

注①：景迈山位于中国云南省的西南边陲，是西双版纳、普洱与缅甸的交界处。景迈山以普洱茶盛名，景迈、芒景10多个自然村组成了占地面积2.8万亩的景迈山万亩古茶园，2003年8月中国科学院提出："景迈千年万亩古茶园集生物宝库、文化宝库、金山银库、生态和人文旅游宝库及艺术宝库于一身，具有重大的科学价值、景观价值、文化价值和生产应用价值，将可以成为世界茶叶的发祥地，是重要的自然和人文遗产，是目前世界上保存最完好、年代最久远、面积最大的人工栽培型古茶园，是世界茶文化的根和源，也是中国茶文化发展的历史见证"。

记秦淮[1]夜游

——2011年11月问茶作于南京

原道惜花心已老，落红年年伤春，
独把茗盏向黄昏。
不期金陵缘，同沐秦淮风。
携手画舫品佳茗，
六朝风月重温，波光云影如梦中。
茶罢恐相忘，归来记匆匆。

注①：秦淮河古称龙藏浦，唐代以后改称秦淮，由东向西横贯南京市区，注入长江，是南京市最大的地区性河流，孕育了南京古老文明，被称为南京的母亲河，也被称为“中国第一历史文化名河”。

栀子花开①

——2013年5月作于张家界

我恰巧来，你恰巧开；
你恰巧开，我恰巧来。
也许这不是恰巧，而是命运的安排：
你是我前世今生的期待。
我期待有一种洁白，
能在污秽的浊世不染尘埃。

注①：我对栀子花有特殊的感情。儿时我生活在故乡闽江入海口的南台岛，这是一个非常美丽的江心岛，是一个风景宜人的瓜果之乡，盛产龙眼、荔枝、枇杷、杨梅、橄榄、番石榴（芭乐）等水果，房前屋后都长着白玉兰、珠兰、茉莉花和栀子花。我童年时最喜欢看映在闽江中的竹影和栀子花。竹子虚心有节，挺拔向上，柔中有刚，那碧绿清丽的身影映在闽江的清流中，白天伴着蓝天白云，晚上伴着疏星朗月，总是那么悠然自得，总是那么引人遐想。纵然狂风暴雨有时会把它揉碎，洪涛浊流有时会把它暂时掩盖，但是一旦风平浪静，它依然会若无其事地映现在江中，依然淡定从容。最美的是栀子花开时节，洁白无瑕的栀子花和碧绿青翠的竹影一起映在清澈的闽江中，浓郁的栀子花香和清幽淡雅的竹香一起沁入我的心脾，那才是我记忆中最美最美的时光。更兼那个季节枇芭黄了，杨梅红了……我乐疯了！

我期待有一种纯情，
能把苍凉的月光折射成温存的爱。
我期待有一种香，
能像茶的热香，
唤醒世人冷漠的胸怀。
啊！
栀子花，看到你我顿时明白：
你的纯洁无瑕，正是我心中的期待，
我将用你泡茶，品出生命的精彩！

茶烟

——2012年冬作于贵州石阡县①温泉

茶烟袅袅升起，带着山野的信息，牵动心中的回忆。
夜很冷很静，只听见风在叹息。
我在寒夜里等你，丝毫不感到孤寂，
有茶与梦相伴，不离不弃！
茶烟悠悠升起，妙曼如你般美丽，带着初恋的惊喜。
茶很浓很烫，在杯中热香四溢。
我捧着茶杯等你，无论你来或不来，
这茶只属于你，不弃不离！

注①：石阡县位于贵州省东北部，铜仁市西南部，境内山峦起伏，沟谷纵横，东南高、西北低，岩溶地貌明显。石阡县属中亚热带湿润季风气候区，日照充足，气候温和，雨量丰沛，以可饮用的温泉和石阡台茶闻名全国。

茶

——2015年秋问茶作于杭州梅家坞①葛龙茶庄

没有一夜你不陪我，
或伏案挥毫泼墨，或牵手花前月下。
没有一天你不随我，
或访泉灵山秀水，或问茶海角天涯。
我以茶洗心，可以心清如水，
却洗不去你在我心中的倩影。
我天马行空，可以超脱万事，
却超脱不了对你的铭心牵挂。

注①：梅家坞茶文化村地处杭州西湖风景名胜区西部腹地，梅灵隧道以南，是一个有着六百多年历史的古村，现在是西湖龙井茶一级保护区和主产地之一，也是杭州城郊最富茶乡特色的农家自然村落和茶文化休闲观光旅游区。

啊，茶！三生石下的冤家。
我喝过了千次孟婆汤①，
仍不忘与你地老天荒的情话。
啊，茶！《聊斋》中的娇娜②。
我一生都在找你，
希望你在我心中溶化，
让我在你的爱中升华！

注①：孟婆汤，汉族神话传说灵魂转世投胎要走黄泉路，过一条叫忘川的河，忘川河上有座桥叫奈何桥，守桥者叫孟婆。过桥时必须喝孟婆汤，喝了这碗汤会彻底忘记过去的一切，以便重新投胎做人。
②娇娜是《聊斋》中美丽、多才多艺而善良的狐狸精。

和拉祜族歌手李娜倮《实在舍不得》①

——2015年夏问茶作于云南澜沧自治县酒井乡勐根村

你给我的情，像茶叶一样多，
时刻都在陶醉着我。
我们在一起，像门口那条河，
日夜唱着欢乐的歌。
想不到这么快就分开，其实我比你更难过。
舍不得哟舍不得，我实在舍不得！

注①：2015年夏去云南普洱市勐根村，听了李娜倮和乡亲们唱的《实在舍不得》我万分感动，并且觉得她们充分表现了中国古典美学的最高原则“美到极致是自然”，于是和了这一首。

我对你的爱，像稻田里的禾，
正在灌浆等收获。
我们在一起像火塘里的火，
你想多热就多热。
煨好的普洱还没喝，
舍不得哟舍不得，
我实在舍不得！
最想和你一起陪着茶 慢慢变老，
要多快乐有多快乐。
舍不得哟舍不得！ 我实在舍不得！

李娜裸原唱的歌词：

我会唱的调子，像沙粒一样多，就是没有离别的歌。我想说的话，像茶叶满山坡，就是不把离别说。最怕的就是要分开，要多难过有多难过。舍不得哟舍不得！我实在舍不得！

你没看的风景，像山花一样多，还有多少思念的河？我们在一起，像火塘燃烧着，还有好多酒没喝！最怕的就是要分开，要多难过有多难过！舍不得哟舍不得，我实在舍不得！

最盼望的就是你再来，要多快乐有多快乐。舍不得哟舍不得，我实在舍不得！

武夷山的梦

——2015年11月问茶作于武夷山庄

武夷山的梦，常带着禅意的茶香。
春天我梦见，在天心禅寺①听雨品茗。
捧着兔毫盏，含英咀华，细啜慢饮，
让茶香沁透我身心！
武夷山的梦，常带着儒家的茶香。
夏天我梦见，在朱熹书院的荷塘品茗。

注①：武夷山天心寺也称为天心永乐禅寺，位于武夷山核心景区的中部，创建于唐代，是福建的佛教名寺。“兔毫盏”是宋代最名贵的茶具。“含英咀华”是品饮武夷茶的技巧。在古代“英”和“华”都是花，即品饮武夷茶时应当像口里含着一朵小花一样慢慢咀嚼，细细品味。

煎壶小龙团①，对月抚琴，浅唱低吟，
陪着荷花到黎明。

武夷山的梦，常带着脱俗的茶香。
秋天我梦见，在道家圣地止止庵品茗，
相约白玉蟾②。巅峰论剑，松下弹琴，
秉烛共研《南华经》③！

武夷山的梦，常带着岩茶的温馨。
冬天我梦见，柳永④『执手相看泪眼』，
赠《玉蝴蝶》，吟《雨霖铃》，茶人总是最多情！

注①：“小龙团”是宋代贡茶中的珍品。

注②：白玉蟾是道教南宗五祖之一，长期在武夷山止止庵、云霄洞等地修炼。他学识广博，武功高强，精通茶道，留下了《玉蟾神功》和许多茶诗茶词。

注③：《南华经》是道家“四子真经”之一，也称为《庄子》或《南华真经》。其书与《老子》、《周易》合称道家三玄，主要论述庄子的哲学、艺术、美学和人生观。

注④：柳永是出生于武夷山的婉约派词宗，《玉蝴蝶》《雨霖铃》都是他的代表作。《雨霖铃》中的“执手相看泪眼，竟无语凝噎”把男女惜别的神态和心情写绝了，是传颂千古的名句。

春天，我爱你浪漫多情的脸

——2015年4月问茶于苏州太湖西山

春天，我爱你浪漫多情的脸。
梨花含羞，桃花热情，牡丹娇艳，都像是我朦胧的初恋。

春天，我爱你变幻不息的脸。
时晴时雨，云舒云卷，月缺月圆，都撩起我无穷的思念。

春天，我爱你日益深沉的脸。
茶芽如雪，嫩叶鹅黄，进而碧绿，只有心中茶香永不变。

昨夜曾住

——2014年秋作于泰山脚下小客栈

饮罢早茶，奔问旭日升处。
依恋回眸，古屋昨夜曾住。
一室茶香，一枕幽梦，一夜秋风秋情耳边诉。
泰山秋夜品秋韵，浅尝，入眼伤怀，细品，禅韵顿悟。
顿悟！顿悟！
缘是秋风，情是秋露，
唯有禅韵如茶水：浓淡皆涤心，百年香如故！

想你

——2013年12月问茶于乌鲁木齐南山滑雪场

月牙挂在天边，勾起久远的思念。
夜空如冰，却懂得和云缠绵。
想你！漫漫长夜里，我习惯了和茶相伴。
想你！从茶的苦涩，我回味着你留下的甘甜。
月牙隐没云间，像你告别时瞥我一眼。
夜露成霜，像撒在心口伤痕上的盐。
想你！我总是借茶消愁。
想你！凝视清澈的茶汤，
总能看到你清纯的笑脸。

回忆

——2012年秋安溪问茶返程作于厦门机场

回忆，已长成人生小路上鲜活的青苔。
小路，一头通向天涯，一头连着心海。
向前走！向前走！
让每一步脚印，都在『青苔』上留下生命的精彩。
回忆，已化作茶几上如梦的茶烟。
茶烟，几缕随风飘散，几缕久久萦怀。
我醉了！我醉了！
我看到茶烟凝成祥云，你驾着祥云向我盈盈走来！

请把味蕾的音乐奏响

——2104年云南问茶作于勐海县

普洱茶，请把我味蕾的音乐奏响。
让一曲曲美妙的乐章，流淌进我的心房。
『冰岛』，像唱着《小河淌水》的姑娘，
柔美真诚，质朴自然，带着少女的活力
发出青春的呼唤。
一声『月亮出来亮汪汪』，诱发了多少人的遐想？

普洱茶，
请把我味蕾的音乐奏响。
让一曲曲古老的乐章，激荡我的心房。
『老班章』，像老年歌手唱《创世纪》①，
韵律深沉，曲调高亢。
如布朗山的松涛，在千山万壑激荡。
品一盏古树老班章
让《心的约会》在心中唱响！

注①：《创世纪》和《心的约会》都是老班章产区布朗山哈尼族的民歌。《创世纪》调子庄严缓慢，通常在隆重的场合由老年歌手合唱。

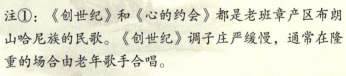

五峰茶歌

——2016年夏问茶作于武汉高铁站

过去，五峰县在我的梦中。
今天，茶把它融入了我心中。
『宜红』①的汤色，像映在百顺河②的彩虹。
罐罐茶的滋味，和土家人的真情一样浓。
毕兹卡油茶，喝得我浑身是劲。
『采花毛尖』，甘鲜醇爽，

注①“宜红”“采花毛尖”都是中国名茶。“宜红”是主产于宜昌市红茶的简称，现产于武陵山脉和大巴山脉的二十多个县（市）。“采花毛尖”名列湖北十大名优茶精品榜首。20世纪80年代创制，其外形细秀，香高持久，味醇回甘。曾多次获得国际国内金奖。

注②：百顺河是五峰县名茶主产区采花乡最长的一条河流。采花乡有“楚天茶叶第一乡”和中国“山歌之乡”的美誉。

一口能品出五峰山之春。
过去，五峰县远在天边。
今天，茶歌把它引入我心间。
《采茶歌》，唱出于土家族的凄美诗篇。
《筛茶歌》，主人好客的真情如在眼前。
最爱听《茶山小调》，传递着赤诚的呼唤。
最爱唱《六口茶歌》，好想约个幺妹
对唱在茶芽萌发的春天！

金银滩草原茶歌

——2013年秋青海问茶作于金银滩①大草原

我在帐房外，等待又等待。我在草原上，徘徊再徘徊。
月亮又升起在熟悉的山冈，格桑花在静静地开。
夜莺唱着忧郁的歌，姑娘啊！我唱着《在那遥远的地方》，
等待着你到来！

我在帐房里，等待又等待。我在火塘边，发呆再发呆。
朝霞已染红了天边的云彩，我为你把奶茶煮开。
茶香飘散在整个大草原。姑娘啊！你可从中闻到了我的爱？
闻到了我的爱？

注①：青海金银滩大草原是我国西部歌王王洛宾生活过的地方，他以在那里与藏族姑娘卓玛相爱的亲身经历创作了《在那遥远的地方》这首深情感人的歌。我在青海问茶时听到后有感而发，作这首《金银滩草原茶歌》，也算是对王洛宾先生的怀念吧。

（二）品茶

每天醒来，把水烧开

——2016年中秋节作于西安龙湖紫都城

从现在起，做一个快乐的人，
每天醒来，把水烧开。
听山泉在壶中吟唱，令人心潮澎湃。
看茶芽在水中苏醒，倾吐出销魂夺魄的爱。

从现在起，做一个幸福的人。
每天为她，把水烧开。
把茶杯洗净烫热，把音乐调到温柔缠绵，
泡一壶芬芳的茶，看她在茶香中欣喜地醒来。
从现在起，做个痴情的人，
每天用心，把水烧开，
让茶香熏染温馨的家，
用热茶表达心中的爱……

品茗赏墨兰①

——2015年1月作于西安六如茶艺培训中心

任窗外，雪花飞扬。听壶中，泉水吟唱。
夜很静，很静！
静到听得见梦在扇动翅膀，要飞向理想的天堂。
心很静，很静！
静到听得见花儿在呢喃，邀我陪在她身旁。
多美的夜啊！我泡了壶古树老茶，
捧着千年等待的茶香，献给心中的墨兰。

注①：墨兰也称为报岁兰，每年在大寒时节开花，不惧严冬，不媚世俗，所以深受文人雅士的珍爱。花语是“青春永驻，淡泊高雅”。

春晚泡茶

——2014年春节作于西安六如茶艺培训中心

拉上窗帘，隔开辞岁的礼花。
关上电视，逃避春晚的喧哗。
除夕之夜，我静静地泡茶。
汲来千溪风月，倾入丝路花雨，为茶洗净历史的风沙！
燃起满腔热情，烧旺心中活火，用爱唤醒生命的灵芽！
泡茶！泡茶！泡出唐风宋韵的魅力。
泡茶！泡茶！泡出陆羽苏轼的牵挂。

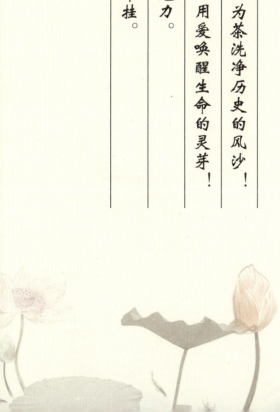

喝这茶，能激活炎黄子孙的基因。
喝这茶，要调整好代沟和时差。
不管风是否还在刮，不管雪是否已融化，
我痴情地泡好这壶茶，泡掉壶对茶的寂寞等待，
泡出茶对人的温柔情话，泡开心中的千千结，
泡出春天美丽的童话。
泡吧！泡吧！泡出辞岁迎新的欢乐夜晚：
有我，有你，还有茶香萦绕的水仙花！

陪茶迎元旦

——2014年12月31日作于西安六如茶艺培训中心

春花秋月，送走流年似水。梦里，只留下往事静美。

风花雪月，昭示多彩人生。此生，还能陪你再醉几回？

你是花，雨中流泪，风中叹息，直到枯萎。为谁？

我是月，历尽凄凉，忍受寂寞，夜夜徘徊。无悔！

今宵无眠，用爱烧沸泉水。

品杯中月，赏水中花，体验茶烟柔美。

陪着茶香迎元旦，等待朝阳，照亮生命新轮回！

元旦夜品大红袍

——2011年元旦夜作于西安工作室红茶房

泉水，在壶中吟唱，连月光也充满乡音。
万家灯火，忙着与繁星眨眼调情。
而我，陶醉于和茶谈心。
窗外古都，折射出茶文化的背影。
紫砂老壶，飘溢着大红袍的风情。
岩骨花香，牵动地老天荒的回忆。
舌底甘苦，回味岁月沧桑的温馨。
今夜，我进入不了你的梦。
唯愿明天，你能从此诗读懂我的心！

今夜我多想①

——2014年9月9日作于西安龙湖

今夜我多想，
和你一起荡起双桨，去迎接超级月亮！
今夜我多想，
和你一起沐着月光，听海浪深情吟唱！
今夜我多想，
驾船载着你和茶出航。
不为划向彼岸，只为一起品茶，
一起在大海随波荡漾……

注①：据说，2014年9月9日（农历八月十六）天空曾出现“超级月亮”，故作此诗。

品茶迎元旦

——2014年元旦作于深圳市梧桐山①

今晨，在山中搭座茶亭。
挂上七仙女织的云锦，铺上广寒宫用的白绫，
邀山花列队开放，率百鸟夹道欢迎。
欢迎你披着朝霞光临！

今夜，在茶亭备好古琴。
汲来梧桐涧无边风月，泡壶景迈山②古树佳茗。
奏一阙《相思曲》③，等你踏着爱的旋律光临。
让我们品尽茶的苦涩，在回甘中等待新年的黎明！

注①：梧桐山是深圳市的著名风景区。

注②：景迈山位于云南省澜沧县惠民乡，景迈茶山是目前世界上面积最大、历史最长、保存比较完好的人工栽培型古茶林，景迈山普洱茶最大的特点是香高味甜，并且入口即甜，且甜味明显而持久。

注③：《相思曲》是古琴名曲，最早收录于明代杨表正撰辑的《重修真传琴谱》中。

寺中品茗听雨

——2014年4月作于浙江长兴县寿圣寺①

寺中听雨，雨声与梵音相伴。
天籁与佛乐汇成绝妙的乐章，一种神奇的知觉被唤醒，
心灯被无限生机点亮。
寺中听雨，雨声与虫声蛙鸣相伴。
这是生命的交响曲：花草在呢喃，落叶在叹息，
连蜗牛都加入了合唱。
我顿时头脑空灵，一朵白莲在心中绽放！
多好啊！品着茶在寺中听雨，一夜不眠，终生难忘。

注①：长兴寿圣寺位于水口乡顾渚风景区内，始建于三国赤乌年间，距今已有1700多年的历史，盛唐时规模鼎盛，著名诗僧皎然曾驻锡于此，和陆羽、颜真卿、杜牧、白居易等人品茗论道，后因世事更迭，寺庙也随之几度兴衰，“文革”浩劫时被彻底摧毁。“文革”后在圆成方丈的主持下得以重建，现由释界隆法师任方丈，这里一切百废俱兴，四时香火鼎盛，寿圣寺成了佛门信众和众多茶人的心灵家园。

妈妈，今夜只为您泡茶

——作于2015年5月10日母亲节

妈妈！今夜我点燃一支香，
让心与香相伴，一起飞上天堂。
带着深深的思念，去探望慈爱的娘。
妈妈！今夜为您泡一壶茶。
让茶烟带着我，追忆您以茶育德的时光：
泡茶时，看茶芽在沸水中苏醒，
您说：
那是茶历尽蹂躏，赴汤蹈火后实现了涅槃。

品茶时，体验先苦后甜的酣畅，
您说：
生活和茶一样，无论多苦都一定能够回甘。
最难忘那年中秋夜，
您指着杯中明月说：人应当让光明永驻心房。
于是我吞下杯中月，让她把心灯点亮……
妈妈！今夜只为您泡茶。
案头的香火已经点燃，壶中清泉在浅吟低唱，
儿已成了泡茶高手，您可闻到我泡出的茶香？
慢慢品吧！我亲爱的娘，
今夜儿和茶陪着您，迎接母亲节的太阳！

泡茶

——2011年8月作于新疆伊犁

身自在，心自在，魂逐茶香云天外。
有茶相伴处处美，山河大地皆如来。
浓也爱，淡也爱，茶涤心源更何待？
甘醇苦涩皆法味，一啜一咏多畅快！

5·20我与茶

——2015年5月20日作于工作室红茶房

5·20的夜，很静！很静！我用恬静的心泡茶，听茶浅唱低吟。
看茶在沸水中涅槃，舒展开千娇百媚的身影。用清香倾诉深情。
5·20的夜，很静！很静！我用空灵的心品茶，
接纳茶的甘苦，激活心中的本明。
我亲吻她每滴欣喜的泪，享受她爱的芳馨。
5·20的夜，很静！很静！
在这童话般的夜晚，我与茶相伴到天明。

我时刻都在等你

——2014年冬作于重庆江北机场

走进寒夜，走进静寂，走进梦中的回忆。
屋外还下着雨，微风陪我叹息：
叹息那把远去的小花伞，还有伞下的你。
叹息在雨中，牵手去品茶的美丽。
你说『非茶不饮』，我已铭记，
记住了一起品茶的甜蜜。
你说『茶是知己』，我很同意，因为是茶使我们相聚。
再来品茶吧！无论今生，无论来世，我都等你！

冬夜玩茶

——2016年1月作于西安工作室红茶房

冬夜不冷，因为有茶。心不寂寞，因为有花。

蝴蝶兰笑脸相向，郁金香含苞欲发。

泡一壶热茶，把冬夜融化。

让茶香花香浸透肌骨，让心在玩茶中升华。

冬夜不冷，因为有茶。心不寂寞，因为有花。

冬夜玩茶赏花，此中的禅意，敢向佛祖夸！

七夕夜

——2016年8月9日作于林治茶文化工作室

七夕夜，我把泉水烧开。
泡一壶『文君茶』①，用茶香引路，
引导你循香而来！
七夕夜，我把音响调好。
播一曲《我心永恒》，用心声引路，
呼唤你带梦而来！

注①：文君茶是一种绿茶，产于西汉多情才女卓文君的故乡邛崃，那里至今还流传着文君和司马相如的爱情故事。

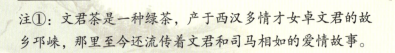

七夕夜，我在茶室等待。
插好满天星①和蔷薇，用花语传情，
期待女神早点来！

银河上鹊桥已架起，茶室内鲜花正盛开。
秋风为你唱着春曲，茶炉中燃烧着炽烈的爱。
我手捧热茶在等待。
七夕夜，你一定会来！

注①：满天星的花语是“思念、梦境、守望爱情”。蔷薇的花语是“爱的思念”。

紫色的浪漫①

——2015年6月作于西安六如茶艺培训中心

春天不忍离去，再三回头，用万紫千红诱我迷恋。

立夏多日了，风依然温柔缠绵，带着薰衣草的媚香，亲吻我的脸。

春天不忍离去，再三垂泪，抛洒着倾诉心声的雨点。

茶园里绿色渐浓，浓得像我对你的春恋。

我用红茶配薰衣草，调一壶『紫色的浪漫』，兑现许下的诺言。

再捧上五朵金百合②，等你到永远！

注①：“紫色的浪漫”是一款用薰衣草花、红茶、蜂蜜和鲜奶调制的美味奶茶。

② 金百合花的花语是“高贵中显纯洁”。五朵金百合代表无怨无悔。

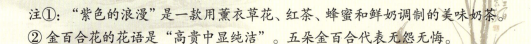

枕边茶

——2014年7月作于深圳宝安机场

昨夜，一颗流星从梦中划过。
今晨提笔追忆，已无法实现时空的穿越。
想用昨日的玫瑰，为你编个花冠，
花瓣却纷纷凋落。
唉！这是谁的错？
端起枕边的茶，早已没有你斟时的温热。
调整时差喝了吧！从中回味爱的甜蜜和苦涩。

春天的吻

春天的朝阳，张开炽热的芳唇。
激情一吻，花儿便羞红了脸，
染红青山绿水，染红农舍田园。
春天的熏风，带着百花的芬芳。
轻轻一吻，茶树便情不自禁，
哼起初恋的歌，声声夺魄销魂。
春天的夜雨，像你告别时的泪。
点点滴滴，亲吻着我的双唇。
那么忘情，至今扣人心弦。

雨后夜宿梅子湖①

——2017年8月27日作于普洱开元梅子湖酒店

雨后夕阳示温馨：水风轻，断霞明。
波光潋滟送浅笑，云影依依伴我行，
山花最多情。
归来临窗煮佳茗：韵醉人，香沁心。
茶味悠悠孕禅意，茶烟牵梦入仙境，
思君到天明。

注①：对我而言，清静悠闲是最难得的奢侈品。到老来固然还能“忙，并快乐着”。但是那毕竟是在红尘中摸爬滚打，逃避不了心累。今天真好，从昆明飞到普洱参加许嘉璐先生组织的“第四届两岸四地茶文化高峰论坛”，住在了开元梅子湖泉酒店，这里三面环水，一面靠山，繁花似锦，林木葱郁，风景极佳。报到后我整个下午都享受着忘我的悠闲。这一天普洱市三点以前天降大雨。我煮了一壶“丹增尼玛”隔窗看雨听雨，看湖面雨烟如幻的美景，听雨打芭蕉的清音。四点钟之后放晴了，夕阳无限好，我围绕着梅子湖散步，天黑后才恋恋不舍地回到酒店写下了这首诗。

品你

——记武夷山庄①荷塘夜品茗

秋风对我柔声耳语：夏天已成过去。
是啊！生命又翻开了新的一页，
但是，夏夜荷塘品茗怎能忘记？
月光下品你，你是一首浪漫的诗。
荷塘边品你，你是我美丽的回忆！

注①：武夷山庄是我国20世纪80年代的十佳旅游建筑之一，根据我国建筑学泰斗杨廷宝教授所提出的“宜低不宜高，宜土不宜洋，宜散不宜聚，宜隐不宜现”的原则设计，代表了我国风景名胜区建筑的主体风格，如一曲悠扬的古乐凝固在了武夷山大王峰下。

品乾红

——2015年春作于宜兴市乾红山庄

江南玉女泡乾红①，
坐也从容，笑也从容，
眼波清如惠山泉，泡出茶香分外浓。

喜与玉女品乾红，
春光融融，其乐融融，
此茶闻香心先醉，淡定细品味无穷！

注①：乾红早春茶是在具有1800年贡茶历史上发展起来的名茶，据说有一年清明节前，乾隆微服到宜兴寻访优质紫砂壶，却意外发现宜兴已经早早有了新茶。当地茶农告诉他，这片土地的地下有温泉，所以茶总能比普通春茶早15天，而且色泽纯正，口感醇厚，香气优雅，更有一番“不食人间烟火”的空灵气息。乾隆品罢心中大喜，赞叹此茶“领春之气，妙不可言”，遂赐名为“江南茶王”。

心窗

——2015年春作于宜兴市乾红山庄

清晨，我为心灵打开一扇窗，迎接初升的朝阳。
让心中的本明，折射出七彩光芒。

夜里，我为心灵打开一扇窗，等待月色潜入梦乡。
带来嫦娥的祝福，让梦更加浪漫。

每天，我都为你敞开心窗，
用爱温热茶水，等待你随时来品尝。
这茶很甜！很香！

夜煮白茶与大红袍

——2014年秋作于太姥山品品香白茶山庄

湖水清清，泉声轻轻，秋风秋月与人亲。
白茶山庄夜品茗，
山也多情，水也多情，与人相伴到天明。
波光粼粼，笑语盈盈，茶友相聚湖心亭。
白茶红袍一壶煮，
香也沁心，味也沁心，茶韵奇绝冠古今。

今夜你来可好

——2015年12月22日冬至①作于西安龙湖

今夜你来可好？
冬至的良宵，如你的情意般绵长。
今夜你来可好？
汤圆我已煮熟，等你来后再加糖。
今夜你来可好？
希望你带来漫天大雪，掩盖掉世界的肮脏。
我泡壶九曲红梅②，和你共度最长的夜晚。
今夜你来可好？
让我们陶醉在茶香中，等待世界变暖。

注①：冬至的夜是全年最长的夜。

注②：“九曲红梅”是红茶中的珍品，产于杭州市西湖区周浦乡的湖埠、上堡、大岭一带，尤以湖埠大坞山所产品质最佳。

龙湖月夜品茗

——2013年春作于西安龙湖

安详的月光，照着安详的湖。
悠闲的我，牵手悠闲的风。
悠闲的风，陶醉于春茶的芬芳。
她帮我把茶香，带入今夜的春梦中！

品茗听香忆梦

——2014年5月21日（小满）作于工作室

古城夏雨初晴，光透梧桐浓荫。
午睡醒来泡壶茶，依窗静待知音。
梦里断桥邂逅，山盟海誓曾经。
此情似无还似有？纵有说与谁听！

春风十里，不如有你

——2017年8月25日作于深圳里寓茶文化主题酒店①

春风十里，不如有你。
每当茶芽咧嘴绽放出微笑，生活便送我无数惊喜。
月色百里，不如有你。
我在茶塘月色下采集甘露。准备用心日夜泡你！
红叶千里，不如有你。
在碧云天映黄花地的秋季，我调杯果茶献给你！
瑞雪万里，不如有你。
我们围炉烤馍烤肉煮奶茶，陶醉在生活的芳香里。

注①：在深圳市里寓茶文化主题酒店，主人张莲子和她的先生张长安特地为我举办了一场“茶会”，这是一场展示调饮魅力的茶会。第一杯“冰岛之恋”就让我欣喜，用的是冰岛生普洱和野蜂蜜，甜度把控得恰到好处，从清甜冰爽中透出冰岛生普洱茶层次丰富的美味。其后我们又饮了“雪山之韵”“春风十里”“不如有你”等很有创意的调味茶，品后我写了这首诗答谢主人。

睡莲吟

——2015年11月作于贵州盛华茶学院①

光阴如梦，人生如梦，一枕黄粱多少恨。
夜来秋水寒彻骨，雨打残荷添郁闷。
郁闷！郁闷！怅立西风庭院。
幽香如梦，倩影如梦，仙姿凌波招人怨。
韶华易逝花易老，红消香断有谁问？
谁问？谁问？暂借杯茶释怨。

注①：贵州盛华职业学院创建于2011年，位于贵州省省级风景名胜区百鸟河风景区，是贵州省人民政府和教育部批准备案，由王雪红、陈文琦夫妇秉承其父王永庆先生的教育扶贫理念，捐巨资举办的一所公益性全日制普通高等职业学校，我曾任该校茶学院的首任志愿者院长。

元旦闻钟

——2016 年元旦作于西安林治茶文化工作室

茶罢噙香入梦，醒来朝霞染衣。
雁塔钟声报新岁，示我韶华堪惜。
回首平生何憾？曾经折腰斗米。
而今汲来西江月，邀君品茗东篱。

独品

——2016年4月作于工作室红茶房

水已煮沸，花正盛开。
无论你来与不来，茶香都令我开怀。
人生万事随缘，何必苦苦等待？
只要身边有茶，世界处处精彩。
只要心中有爱，生活充满愉快。
今夜无月，我自煎茶独品，
品悟茶禅一味，品味生命甘苦，
品到心中本明放异彩。
啊！『居闲趣寂』①原来如此畅快！

注①：陆羽认为“日月云霞为天标，山川草木为地标，推能归美为德标，居闲趣寂是道标”。“居闲趣寂”是悟道者的境界。

梦

——2016年8月10日于咸阳机场候机室

海边搭间茅屋，种花当做围墙。
天天煮壶热茶，笑对世态炎凉。
山中搭间木屋，种上茶树几行。
与你同修茶道，感受海碧天蓝。

（三）咏茶

茶，你是任由我想象的一杯水

——2015年为意大利米兰世博会中国茶文化周而作

不记得曾把你，捧起几回，亲吻几回。
不记得曾把你，放下几回，回味几回。
茶啊！在世人眼里，
你总是最美！最美！
陆羽为你写《经》，东坡为你陶醉，
才子佳人为你夜不能寐，乾隆皇帝为你放弃帝位。

茶啊！在我的心中，你永远最美！最美！
你是能喝的唐诗宋词，
你是《聊斋》里的小翠，
你是禅，你是梦，你是海里的浪花，
你是天边的流霞，
你是观音菩萨净瓶中的甘露，
你是任由我想象的一杯水！

茶之恋

——2014年为六如茶艺培训中心从武夷山迁至西安10周年而作

柔柔的灯光，散发着童话般梦幻。
幽幽的茶香，牵出前世今生的遐想。
爱你！我像壶，生来就是为了把你揽在怀抱。
爱你！我像水，时刻为你吟唱着沸腾的乐章。
爱你！我就是我。
我默默地用你的芬芳，染绿自己多梦的心房……

茶祖缘

——2013年夏于云南临沧大雪山拜茶祖①

云里飘香，山花已开遍。
大美临沧拜茶祖，一脚踏仙境，一脚在人间。
群峰巍峨，竹仗芒鞋可登天。
古木拱卫，茶祖伟岸凌云烟。
千年等待，万里追寻，赢得激情一抱。
天地灵气，永驻心间！
天地灵气，永驻心间！

注①：“茶祖”是茶人鞠肖男为一株古茶树取的昵称，已作为商标注册。这株古茶树生长于海拔2534米的原始大森林中，树高28米，茶香清馨高雅胜幽兰，其味鲜爽清醇如甘露。

五月

——2016年5月作于浙江杭州

五月，多雨的季节。我喜欢看花蕾在雨中含情绽放。
隔着玻璃小窗，距离产生美感，朦胧之美最耐想象。
五月，多梦的季节。我梦见你撑把小红伞走在桥上。
隔着白茫茫雨雾，你似乎闻到了茶香，深情地向我慵望。
五月，多愁的季节。最感动于老茶树新芽茁壮。
错过了春天，茶味纵然苦涩，也要献上迟来的芬芳！

爱你

——2014年4月作于贵州道真县

壶对茶说：我爱你！
你在我的怀里。
水对茶说：我爱你！
你在我的心里。
我对茶说：我爱你！
我们前世今生是一体。

寺庙屋檐下的风铃

——2013年春作于尼泊尔蓝毗尼中华寺①

听！什么声音在把灵魂唤醒？
听！什么声音引发了心的共鸣？
她从云中传来，带来了万佛的叮咛。
她随清风远播，传递着生命的福音。
她不倦地吟诵佛法，伴随有缘者修行。
看！她无风而动，释放出热茶般的温馨。
她，就是寺庙屋檐下的风铃！

注①：尼泊尔蓝毗尼圣园是佛教四大圣地之一，圣园中的中华寺是中国响应由联合国开发署、教科文组织、尼泊尔王国政府组建的蓝毗尼开发委员会和世界佛教联谊会的邀请而建立的，是中国有史以来在国外的第一座正式寺院。蓝毗尼为佛祖降生圣地，世界三十余个国家承诺在蓝毗尼建立佛教寺院。这首诗是我在中华寺向佛祖敬茶后而作。

等

——作于西安咸阳机场候机室

汲千江明月入壶，
与一炉活火对话。
煎一款古树老茶，
等你在花前月下。
听落花叹息，
陪夜露垂泪，
痴情不改！

父亲只是一杯茶

——2014年2月11日父亲节作

在我童年时的眼里，父亲是朝阳，
总是那么温暖，总能为我点燃希望。
在我少年时的心中，父亲是长风，
总能帮我扬帆，总能助我劈波斩浪。

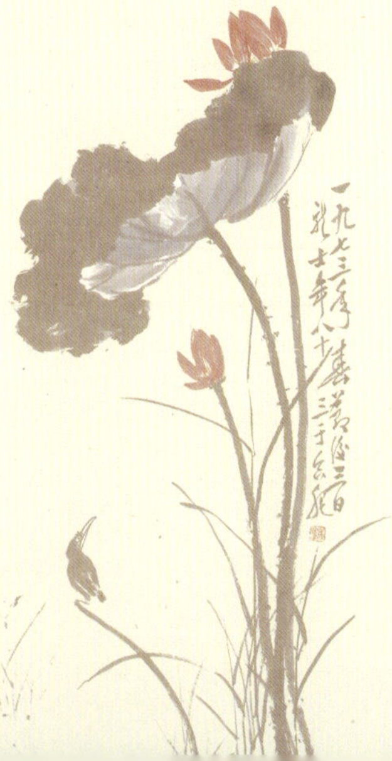

初为人父时我觉得，父亲是大海，
能用苦涩之水托起家之舟。
自己却泡在苦海歌唱。

老了之后我才明白，父亲只是一杯茶，
平凡得不能再平凡。
不过在平凡中，
他能使苦涩的生活回甘，让心欢畅！

等你

——2015年7月作于故乡福州

童年时，我常在屋后草地等你，
用狗尾巴草编只小猫，想博得你欣喜一笑。
少年时，我常在茉莉花园等你，
采一朵最洁白的花蕾，怯怯插到你的发梢。
青年时，我常在深夜星空下等你，
想和你紧紧相拥，对流星许个共同的心愿。
如今，我捧着老班章和冰岛[1]等你，
把茶王茶后都献给你，牵手你陪茶慢慢变老。

注①：老班章被爱茶人士誉为“普洱茶王”，冰岛被爱茶人士誉为“普洱茶后”，茶人普遍认为人生最幸福的事即牵手心爱的人一起陪着茶慢慢变老。

毕竟有茶相伴

——2015年4月作于贵州凤冈县仙人岭

朝阳，探出温柔的笑脸，与我深情相望。
小鸟，炫耀着心中的快乐，在我窗前歌唱。
炊烟袅袅升起，不知是妻子在煮茶，
还是母亲在做饭。
醒来吧！身心疲惫的人，日子再艰辛，毕竟有亲人一起扛。
醒来吧！忘我打拼的人，生活再苟且，毕竟有茶相伴。

水与茶

——2016年春作于工作室红茶房

你是茶，我是水。
我怀着滚烫的心，在紫砂壶中与你相会。
我献给你，激情澎湃的拥吻。
你在我怀中舒展，流出幸福的泪。
我用热情，激发出你心灵的芬芳。
你用甘苦，留给我无穷的回味。
尽管我们被黑暗包围，爱仍是刻骨铭心的体会：
啊！心心相印，竟如此令人陶醉！

我在心中种棵茶

——2012 年作于青岛崂山

我在心中种棵茶，冬天为你开花。
在这冷酷险恶的世界，为你驱除寂寞，与你共度年华。
我在心中种棵茶，春天为你发芽。
在这万紫千红的世界，献上一脉心香，陪你把盏醉流霞。
我在心中种棵茶，希望你能喜欢它。
在这云谲波诡的世界，陪它慢慢变老，茶具你备好了吗？

做一片茶叶

——2015年10月24日作于长沙

人生如茶，流年似水。
当日历翻过『霜降』，
我不为花谢哀叹，却陶醉于落叶的静美。
春天的羞涩，夏日的张扬，终究在秋风中凋零，
用优美的归根弧线，诠释生命的轮回。
人生短暂，且做一片茶叶：在山野时自在招摇，
被采摘后任凭蹂躏，在沸水中实现涅槃，无怨无悔！

茶烟与白莲

——2015年10月24日作于长沙

昨夜入梦的茶烟，幻作一朵圣洁的白莲。
我看到你在佛前绽放，
慧火映红了你的脸，与我陶然一笑结良缘。
每夜入梦的茶烟，你是我前世的红颜。
我们在一起最美的时光，
是执手三生石下，交换地老天荒的誓言。

茶人就是活菩萨

——2014年夏作于武夷山天心永乐禅寺

茶，炎黄子孙的图腾饮料，
茶，华夏文明的秦砖汉瓦。
茶润色了，才子佳人的诗词字画。
茶染香了，茶马古道的万里风沙。
人生如茶：新陈各有韵，
沉浮皆潇洒。

人生如茶：
杯空纳万福，杯满映流霞。
人生如茶：
惠泽众生无凡圣，真空妙有传佛法。
人生如茶：
感恩包容养心性，分享结缘乐无涯①。
人生如茶啊人生如茶！
做个茶人吧，茶人就是活菩萨。

注①："感恩、包容、分享、结缘"是中国茶道的四大功能。

情人，爱人

你是我前世的情人，夜夜在梦里相逢。
你本是佛祖手中的金菠萝花①，
因我破颜一笑而结缘。
今生化作仙山灵芽，用心香唤醒我的灵魂。

你是我今生的爱人，深情地与我温存。
你本是观音净瓶中的白莲花，
因我三千次回眸而结缘。
今生化作一杯茶，让我陶醉于你的香吻！

注①：“金菠萝花”是佛祖如来在灵山法会说法时大梵天王献给佛祖的花。佛祖拈花不语，只是以金菠萝花遍示大众，开创了不立文字，教外别传，以心印心的禅宗。

无须期待

——2014年元旦作于工作室红茶房

阳光无须期待，她总能穿透云海。
鸟鸣无须期待，每天它必唱对生活的爱。
鲜花无须期待，时令到了自会开。
我的茶无须期待，早已融入了浓浓的爱，
时刻等着你到来！

重阳节游曲江①

——2013年10月13日重阳节作于西安

几朵白云飘过，把心情变得轻轻松松。
几阵秋风吹过，把忧愁吹得无影无踪。
重阳登山归来，独步曲江池畔，
目送夕阳奇异的嫣红。
溪水在流，我没有『逝者如斯』的哀痛。
秋虫在唱，虽然它明知过不了冬。
我在走，每一步都使人生之路又短了几分。
我在想，告别世界时能否如茶静美？
连赴汤蹈火，都那么淡定从容。

注①：曲江位于西安城南，是唐代郊游圣地，现有曲江遗址公园，恢复性地再造了曲江南湖、曲江流饮、汉武泉、宜春苑、凤凰池等历史文化景观。

茶山雾

——2014年作于河南信阳车云山

茶山雾，润泽了我潮湿的心。
透过雾，我感受到山的妩媚，
水的灵秀，天地万物的温馨。
茶山雾，遮掩了茶花羞涩的心。
透过雾，我看到她挂着泪珠，
脉脉含情，叫我猜详到如今。

做个如茶的我

——2013年秋作于贵州盛华职业学院茶学院

我如茶，也来自深山野岭。
茶如我，都受尽折磨蹂躏。
我如茶，
也带着大自然的质朴纯真。
茶如我，
敢赴汤蹈火求生命的永恒。
我如茶，
能把时间积淀为陈香陈韵。

茶如我，
能在灯红酒绿中保持清醒。
我如茶，
因此爱茶、事茶、习茶，使自己更像茶。
茶如我，
因此亲我、近我、吻我，把快乐送给我。
永远做一个如茶的我吧！
抛弃苟且与无奈，在红尘中过如茶的生活！

因为

——2013年6月作于西安六如茶艺培训中心

因为怕太阳孤单，上帝赐他美丽的月亮。
让日月嬉戏追逐，结成相亲相爱的同伴！
因为怕地球寂寞，上帝赐给她子孙满堂。
创造出万千生灵，让地球永远热闹非凡。
因为怕人类堕落，上帝备好了玉液琼浆。
用茶澡雪人的灵魂，以保持人类身心健康。

走进五月

带着落英的芬芳，我跨进五月的门槛。
热情的风扑面而来，裹着我投入大自然的浪漫。
当一回画中人，在春风中自在徜徉。
农舍旁，枇杷的笑脸，已被细雨曛风染黄。
果园里，杨梅像待嫁的姑娘，羞涩地探头张望。
茶山上，勃发的灵芽遮被了山冈。
我爱这『绿肥红瘦』的季节，红色昭示活力，
绿色孕育希望，红与绿在五月和谐变幻，
谱写出生命的乐章。

五月·题画

——作于深圳机场候机室

五月，
多雨的季节。
我喜欢看丁香花，
在雨中含情绽放。
隔着玻璃小窗，距离产生美感，
朦胧之美最耐想象！

五月，
多梦的季节。
我常梦见一把小雨伞，被遗弃在桥上。
如今再无白娘子，雨中撑着小伞，
对着西湖痴情慵望！

五月，
多愁的季节。
最感动老茶树的顽强，依然新芽茁壮。
浑身已伤痕累累，并错过了春天，
还是要献上迟来的芬芳！

我和茶

——2015年夏作于西安工作室红茶房

清晨，泡上一杯茶。
让茶汤温暖肚肠，用茶香熏染新房。
看茶芽在杯中起舞，听泉水在壶中欢唱。
啊！任心儿伴着茶烟，去体验爱的迷茫。

夜晚，煮上一壶茶。
让笑意留在脸庞，任思绪随梦飞扬。
看杯中星光灿烂，听窗外花儿呢喃。
啊！我拥着茶香入梦，茶是我痴恋的新娘。

茶花，来吧

——2015年秋问茶时作于武夷山

夕阳西下，带走了最后一抹晚霞。
夜幕悄悄降临，掩盖了远山，掩盖了近水，
掩盖了美丽，掩盖了繁华，
唯独掩盖不了我心中的她。
掩盖不了她的透骨清香，掩盖不了她的纯真无邪。
夜已很深，我扯片夜幕当被，裹着期待躺在茶树下。
期待梦中和她相会。来吧！茶花，我心中的花。
茶花，来吧！来听我的心里话……

三八节读你

——2016年3月8日作于西安六如茶艺培训中心

读你！春风对我耳语：
三八节，带着多少女性的留恋，正在悄悄离去。
读你！时光对我耳语：
三八节，带着多少先生的祝福，又将成为美好的回忆。
读你！我像读《茶经》，读懂了你因茶而美丽。
读你！我们结下的茶缘，如背熟的卢仝《茶歌》——
永远不会忘记！

题画

——冲泡云南茶马司①的普洱茶膏

水说：等待千年，
等着你被我的心融化。
你激动的泪，在我心中绽放出美丽的花。
茶说：千年等待，
为的是地老天荒的爱。
只有投入你的怀抱，
才能绽放出生命的精彩！

注①：云南茶马司公司总部位于云南昆明，是一家致力于弘扬茶文化、专门从事普洱茶生产加工及产品研发的企业。公司具有优质的生态茶叶原料基地，一流的食品安全加工环境及生产能力，以及设施先进的储藏陈化仓库。多年来，公司一直遵循“诚信为本、开拓进取、用心做茶、报效社会”的宗旨，为广大茶人、茶友和茶商准备、提供了多种绿色生态、安全健康的普洱茶系列产品，其中普洱茶膏堪称一绝，深受广大消费者的喜爱。

缘

——2015年11月作于西安六如茶艺培训中心

不知是前世有约，还是命中注定？
风要和云相聚，浪要和礁相聚，
茶要和壶相聚，我要和你相聚！
相聚前我满怀憧憬，
设想着，我们是牵手在，朝阳亲吻鲜花的山冈，
还是漫步在，春潮澎湃的海岸？

我们是相依窗前，一起等待黎明的曙光，
还是煮沸山泉，听茶在水中吟唱？
今天我们相聚了，相聚在大唐古都长安，
重温华茶的辉煌。
今天我们相聚了，相聚在六如茶艺课堂，
共谱茶史新篇章。
今天我们相聚了，与茶结缘的相聚，
令人终生难忘！

春天来了

春天来了！我好想长成一杆翠竹。
虚心有节，昂首苍穹，去深情抚摸白云流霞。
春天来了！我多想变成一只小鸟。
自由自在，放声歌唱，去赞美早发的茶芽。
春天来了！我最想到海边去，捡最美的贝壳，
做一对茶杯，陪你花前月下喝茶！

天籁之音：听韩国功勋艺人用茶叶吹曲

——2014年夏作于韩国首尔

一片茶叶贴上唇边，便发出天籁之音。
你用爱令她颤动，倾诉出久蕴的深情。
似空山鸟语，似山泉轻吟，
似春雨在枝头叹息，似秋叶和清风谈心……
我听到月光在亲吻茶芽，很轻！很轻！
我听到茶芽在呼唤着我，很亲！很亲！
我醉了，醉得忘却了红尘。
我醉了，任凭心儿与茶共鸣！

（四）其他

随我习茶可好（一）

——2015年8月作于意大利米兰世博会

卿已长发及腰，随我习茶可好？
神州物产最丰饶，茶是天赐至宝。
饮之得康乐，清心涤烦恼。
和静怡真[1]创茶道，多少英豪倾倒。
同沿迢迢丝路，伴随驼铃画角。
造福全人类，此愿与卿了！

注①：“和、静、怡、真”是中国茶道四谛，其中“和”是中国茶道的哲学思想核心。“静”是修习茶道的不二法门。“怡”是修习中国茶道身心愉悦的体验。“真”既是中国茶道的起点，又是中国茶道的终极追求。

随我习茶可好（二）

——2015年9月作于西安六如茶艺培训中心

卿已长发及腰，随我习茶可好？
踏遍灵山与秀水，问茶天涯海角。
玉壶煮日月，把盏送良宵。
卿弹古琴我吹箫，抛尽红尘干扰。
任它白发三千丈，绝无一寸烦恼。
『日日是好日』[1]，陪茶慢慢老！

注①：“日日是好日”是我国唐代末年著名禅师云门文偃的一句禅语，这句话宁静、安详、自在，是老禅师一生修为的外化，后来成了茶人的座右铭。

茶的情书

我，萌发尖尖的芽，如伸出柔嫩的手，等待你触摸。

我，展开鲜活的叶，如翻开生命之书，等待你阅读。

我，散发出的每一缕清香，都是献给你的情诗，是真情的倾吐。

带我回家吧！我愿为你去赴汤蹈火，把甘露装满茶壶。

带我回家吧！我愿沉醉于你的目光，体验被爱的幸福。

带我回家吧！请你用最深情的热吻，实现我生命的价值。

世界是自己的[①]

世界是自己的，与他人毫不相干。
于是我，不再在乎世人的眼光。
飞短流长，舌剑唇枪，从此不再能让我受伤。
世界是自己的，与他人毫不相干。
于是我，彻底撕下自己的伪装。

注①：此诗脱胎于杨绛的《一百岁感言》，我喜欢这篇文章的结尾：“我们曾经如此期盼外界的认可，到最后才知道：世界是自己的，与他人毫无关系。”故作此诗。

批评太阳，拥抱月亮，
牵手书画茶酒度时光。

世界是自己的，与他人毫不相干。
于是我，用慧火把心灯点亮。
推能归美，居闲趣寂①，
只与知己分享茶芬芳！

注①：“推能归美，居闲趣寂”出自陆羽品茗论道的《四标诗》：“日月云霞为天标，草木山川为地标。推能归美为德标，居闲趣寂为道标。”

雷雨夜听歌

——2015年夏天雨夜听杨乐的歌

外面下着雨，
我听到一个老男人的心，透过雨幕在狂吼。
唱着生命没有尽头，人生要不停向前走。
不在乎花开花落，
知音有茶，寂寞有酒，风花雪月皆朋友。
不在乎昼夜寒暑，
困了就睡，饿了就吃，想唱歌就大声吼。

夜空响着雷，
我的心伴着老男人颤抖，我们因歌成挚友。
他的歌声美如茶，他的歌词浓似酒，
由不得我不跟着歌声走！
走！走！走！
生活贵在当下，往事何必回首？
走！走！走！
歌声牵定了我的手。

四季茶歌

（其一）春有春的美好

——2015年夏天雨夜听杨乐的歌

春有春的美好！
一朵桃花，便打发了冬的严寒。
一叶嫩茶，就染绿了大地怀抱。
一滴春雨，胜过一坛烈酒，
轻松地把我醉倒。
一片蛙声，赛过一场交响曲，
鸣奏出生命的骄傲。

春有春的美好！

摘一朵白云，能遮掩羞涩的心事。

泡一杯新茶，能融化积淀的烦恼。

奏一曲古琴，能引起百鸟共鸣。

插一束鲜花，能在梦中听到你的欢笑！

春天真的很美好。

你若在，更妙！

（其二）夏有夏的浪漫

——2015年5月6日（立夏）作于武汉市

花，早已褪去万紫千红。
叶，正长成神秘的浓荫。
夏日的晚风，撩拨着生命的激情。
我的心，沉醉于泉水的低吟。
无视月亮娇柔妩媚，不顾星星眨眼调情。
我泡壶茶倚窗闲品，体验夏的浪漫，
融入夜的温馨！

（其三）秋有秋的潇洒

——2015年10月21日重阳节作于西安

秋有秋的潇洒——任时光把绿叶变红花，
任霜风把大地染成画。
秋只要微微一笑，生活便甜如熟透的瓜。
我爱秋，
爱对着秋云秋月发呆。
爱听秋风秋雨的情话，
我爱秋，
爱在秋夜静享一杯茶，
让秋愁秋怨，统统在茶中融化！

（其四）冬有冬的风情

——2012年12月16日作于青海金银滩草原

冬有冬的风情：
雪罩沃野，滴水成冰，世界变得很干净。
我陪梅花傲雪凌霜，笑迎朝阳带来的光明。

冬有冬的风情：
生盆炭火，播曲『花儿』[①]，用爱陶醉身心。
把馒头烤得热香四溢，就着奶茶品味生活的温馨。

注①：“花儿”是西北的民歌曲调。

人生只是一瞬间

又要过年，人生只是一瞬间。
仰望星空，星星在冷笑着眨眼：
可怜的人啊，生命还剩多少天？
煮壶热茶，开开心心过年。
把心放空，伴音乐美酒缠绵。
生命短暂，且做一缕茶烟。
率性任真的飘舞，了无牵挂地消逝，
展示自我，香染人间。

供茶问佛

——民歌新唱

供佛一盏茶呀，问佛一句话：
请问这个世界上，啥茶是好茶？
佛受一盏茶呀，闭口不回答。
好像是在笑话我，是个大傻瓜。

供佛万盏茶呀，反复问句话：
到底这个世界上是否有好茶？
佛受万盏茶呀，依然不回答，
好像是在告诉我：你自己喝了吧！

菩提树下

——2013年春作于尼泊尔蓝毗尼佛祖悟道的菩提树下

我坐在菩提树下，默默不语，
听树叶吟诵您悟道的故事。
我觉得我们只隔着一个梦，
像茶包与水只隔着一层纸。
二千六百年的时差，一万三千里的距离，
合掌便随风而逝。
我听到了您的开示，就像您在和我贴心耳语。
此时，烦恼执着[1]顿消，
我只等着一盅羊奶，只等着那位牧羊女。

注①：佛祖在悟道之前曾得到牧羊女供奉的羊奶。佛祖悟道后给信众最贴心的耳语是："奇哉！奇哉！一切众生皆具如来智慧德相，但因烦恼执着而不能证得。"

不知

——2015年12月作于深圳东海花园

仰望天空，我不知哪片云彩会下雨。
踏遍园林，我不知哪朵鲜花最芬芳。
过尽千帆，我不知你坐在哪条船。
目断归鸿，我不知它将栖哪座山。
世事茫茫难自料，人生何苦叹无常？
且把茗盏送岁月，体验心田一脉香。
我喜欢在不知中邂逅未来。
我憧憬在不知中，和你的心相互碰撞。

我深信

——2008年春天作于武夷山

我深信春天会到来，所以从不悲哀。
在寒冬备好良种，等到冰雪消融，去耕耘生命的精彩。
我深信太阳会出来，所以从不悲哀。
在黑夜养精蓄锐，等待旭日东升，去改变命运的安排。
我深信你一定会来，所以从不悲哀。
精心焙好[1]大红袍，汲来语儿泉水，等你共赏百合花开！

注①：炭焙是精制武夷岩茶的特色工艺。语儿泉是武夷山名泉之一。我是双子座，百合花是双子座的幸运花，花语是“完美、纯洁、心想事成”。武夷山的四月是漫山遍野百合盛开的季节。

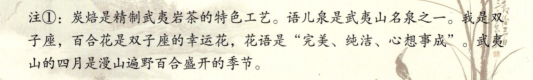

等待

——2016年2月作于西安工作室红茶房

唉！我去了，你却不在。
唉！我泡好了茶，你却不来。
只好在寒冷的冬夜，等待再等待。
茶杯已空空，思绪却满满。
黑夜已深沉，心却渐明白：
等待既是生活的无奈，等待更是生命的精彩，
因为有人有事值得等，这预示着幸福将到来。

那一年

那一年，我把自己化作了茶山晨雾，
深情地拥抱着你，共享春晨的诗意朦胧。
那一年，我把自己化作了茶山劲松，
痴情地为你遮阴，直到晚霞把笑脸染红。
那一年，我把自己化作了茶山秋风，
柔情地抚摸着你，永不凋零的面容。
那一年，我把自己化作了一壶清泉，
用爱火把它烧沸，呼唤你投入我的怀抱，
让我亲吻你的芳唇！

那一刻

那一刻，
当你在沸水中涅槃苏醒，
杯中水，便漾溢出活力和激情。
散发着自然的气息，
诠释着生命的永恒！
刹那间，禅意的火花照亮了我的心田！

那一刻，
当你用芬芳沁透我的肺腑，
我的心，便伴随茶香穿越时空。
在青山白云间流连，邀陆羽苏轼谈天。
刹那间，我明白了千年万年尽在当前！

那一刻，
当你温柔地亲吻我的双唇，
我的爱，便像煎茶的炉火升腾。
任凭全身血脉舒张，体验狂情夺魄销魂。
刹那间，我顿悟了大爱原本无须多言！

乡愁

——2012年11月作于西安咸阳机场候机室

乡愁，如茅屋上升起的炊烟，
炊烟后外婆慈祥的脸，仿佛就在我的眼前。
乡愁，如外公老壶中的苦茶，
而今我能品出它的甘甜，外公却已不在人间。
乡愁，是童年光腚跳水的水花，
水花恍若刚刚溅起，白发却已爬上了鬓边。
乡愁，是邻家小妹清纯的歌声，
在如今的红尘浊世，依然甜美如当年……
乡愁啊乡愁！
你是回味无穷的苦茶，你是伴着我不眠的茶烟！

白丁香①颂

——2012年5月作于天津机场候机室

你把月光凝聚成笑容，在夜幕下无邪绽放。
你把幽怨转化成幽香，默默地把人心熏染。
你为我编织天国的梦，带着我的心陪白云翱翔。
你为我吟唱天堂里的歌，让我把人间愁苦淡忘。
白丁香，我愿为你煎茶，温热前世今生的牵挂。
白丁香，我愿为你写诗，让诗歌和茶香，
永远和你相伴！

注①：丁香花被称为“天国之花”，自古备受珍视。白丁香是紫丁香花的变种，花朵紧密而洁白，素雅而清香，可提取香精，花语是“青春、欢笑”。

海之恋

——2015年作于厦门鼓浪屿

往日，我们牵手飞奔，
跃过沙滩，扑进大海，劈波斩浪。
啊！那海的拥抱，
浪的亲吻，狂情夺魄，令人心潮激荡。

如今，我们相扶相搀，
泡壶老茶，观赏夕阳，促膝礁上。
啊！那礁的执着，
潮的信义，天的湛蓝，还和当年一样。

煮禅

——2012年5月作于天津机场候机室

炉里火苗闪耀，室内茶香缭绕，我煮出了禅的味道。
煮禅要用活火，让情迅速沸腾，
让心随烟虚静，让禅意把自己拥抱。
煮什么茶？铁观音？大红袍？
老班章？冰岛？其实都不重要。
斟入冰纹碗[①]是李季兰[②]，倒进兔毫盏是李清照[③]。
均可倾心一吻，啜罢哈哈一笑。
只是体验，不求得到，这就是禅的奥妙。

注①：冰纹青瓷碗是唐代的名贵茶具，兔毫盏是宋代的名贵茶具。
注②：李季兰原名李治，字季兰，唐代女诗人、道士，是茶圣陆羽的红颜知己。
注③：李清照，号易安居士，宋代女词人，婉约派代表，有千古第一才女之称。两人都是著名的诗人，也都是著名的茶人。

悟

——2016年4月作于昆明长水机场候机室

睡去做个蝴蝶梦，醒来不厌万事空。
生当不为空色累，潇洒如蝶舞春风。
参透『真空妙有』，心如天马行空。
悟彻『活在当下』，茅舍即是皇宫。
用闲情品茶，用初心做事，
体验『日日是好日』，且作忘龄茶翁。

水与茶的邂逅

——2016年2月作于西安工作室红茶房

有一种邂逅如露与花，短暂的接触即化作相思泪。
有一种邂逅如云和月，并不牵手却有诗意的美。
有一种邂逅如浪与礁，激情碰撞后心伤得粉碎。
有一种邂逅如你和我，恰似茶与水应缘相会。
你在我的怀里舒展，
实现生命的涅槃，从此不再枯萎。
我吸吮了你的芬芳，
从此告别平淡，变得有滋有味！

散步

——2016年9月作于贵州凤冈县仙人岭

迎着晨曦散步，独向茶林深处。
去寻找神奇木屋，昨夜梦里曾住。
曾住，曾住。仙女为我煎茶，留下回忆无数。

踏着暮色散步，渐行渐忘归路。
任由茶香引领，探索春花秋露。
秋露，秋露。多像你的泪珠，离愁向谁倾诉？

打坐

——2013年春作于尼泊尔蓝毗尼佛祖悟道的菩提树下

放空！放空！一相不着，一尘不染，让心虚静空明。
入定！入定！静听菩提树叶，在风中把心唤醒。
坐在大地母亲的怀中，感受五十亿年积淀的温馨。
坐在佛祖的诞生地，体验他觉悟时的心情。
打坐，入定，静如宇宙的一粒微尘，
于是顿悟了《金刚经》①。
打坐，入定，静如杯中的一片茶，
于是清香沁透了我的心。

注①：佛祖在《金刚经》的结尾用一首偈揭示了他对宇宙万物的看法，偈曰：“一切有为法，如梦幻泡影，如露亦如电，应作如是观。”

有诗有梦有远方

——2016年5月作于新疆乌鲁木齐南山牧场

受够了都市喧嚣，想给心找个恬静的地方。
厌倦了狗苟蝇营，想让心得到片刻悠闲。
这地方可以很遥远，远如陶渊明的田园。
这地方可以很荒凉，荒凉如苏武的牧场①。
在那里，
我可以摘下一片白云，抹净心灵的污垢。

注①：苏武牧羊的故事是指天汉元年（公元前100年），苏武奉命以中郎将史节出使匈奴。他被扣留后无论对方如何威胁利诱都宁死不降，于是被罚到北海（今贝加尔湖）去牧羊。匈奴统治者扬言要到公羊生崽才释放他回国。结果苏武历尽艰辛，十九年持节不屈，终于在公元前81年回到了汉朝。

在那里，
我可以汲来一壶清泉，煎出心中的茶香。
在那里，
我能融入大自然的合唱。
在那里，
最好有位懂茶的姑娘。
我知道这一切都是奢望。
但是在茶人的心中，
永远有诗有梦有远方！

少林行

望着星空想着你，你是我儿时的梦。
习茶后了解了你，你孕育着禅的魂。
梦啊！魂啊！梦魂中我呼唤你。
我带着梦走进你，你比梦中更神秘。
七日七夜依偎你，分分秒秒都受益。
神秘！受益！少林处处有佛理。
自从住进少林寺，过堂出坡乐无比；
自从修习禅茶后，禅意渐渐升心底。
过堂①，打坐！原来我就在家里。

注①：过堂即吃斋饭，出坡即劳动。

小船

新月又爬上熟悉的山冈。月光让世界充满梦幻。
我伏案写首诗，叠成小船送给你，还像儿时一样。
憧憬我们携梦荡起双桨，划向心中的月亮！
新月放射着皎洁的光芒。
如你的眼睛清纯明亮，在碧波中向我召唤。
真想划一只小船，载着你随波荡漾，
带上茶与壶，煮沸千江风月，共醉一脉心香……

茶海慈航

——2015年4月作于浙江长兴寿圣寺茶道养生班

苦海横断天涯路，人生之舟向何处？
且借佛法扬心帆，茶海慈航靠自度。
自度！自度！除此无人能助。

我佛无说

茶可喝，水可喝，酒可不可喝？我佛无说。
天燥热，心燥热，何物可清心？一片绿叶！

小溪和我

清浅如我，一眼能看穿心底。
快乐如我，一路歌唱着自己。
害羞如我，常因拥抱朝霞而脸红。
博爱如我，滋养着沿岸万物生息。
小溪啊小溪！
你也如我般多情：
春天托着落花浅唱低吟，
秋天伴着红叶随波飘零。

黑夜时升起诗意的雾，
把岸边的茶树温情呵护。
白天托着太阳在浪尖起舞，
让浪花绽放心中的光明。
小溪啊小溪，
你如我，我如你。
盼你流入我的茶壶里，
溶解茶香和茶韵，
最终和我成一体！

玛瑙杯给茶的情书

——得到年轻陶瓷专家沐焰忠伟的作品而作

我历经高温炼狱，成就了坚毅刚强。
你受尽百般蹂躏，煎熬出心灵芬芳。
茶啊！
我们虽未患难与共，但却是一对苦命鸳鸯。
茶啊！
我是你终生的等待，你是我命中的新娘。
让我们应缘结合，悲惨世界从此就是天堂！

问茶

（其一）

茶叶的故事在哪里？在炎帝神农的传说里。
神农的传说在哪里？在唐代陆羽《茶经》里。
陆羽的茶经在哪里？在古今茶人诗词里。
茶人的诗词在哪里？在千家万户茶杯里。
啊哩赛啰赛，在千家万户茶杯里！
啊哩赛啰赛，在千家万户茶杯里！

（其二）

茶叶的神奇在哪里？在马帮头骡铃声里。
茶叶的魅力在哪里？在洗心涤髓茶香里。
茶叶的浪漫在哪里？在阿哥阿妹情歌里。
茶叶的生命在哪里？在你我幸福的心窝里。
啊哩赛啰赛，在你我幸福的心窝里。
啊哩赛啰赛，在你我幸福的心窝里，心窝里！

茶人一日

——2017年6月从西安到深圳参加茶博会

清晨，
长安古城迎旭日，榴花含笑红似火。
午后，
乘机御风万里行，祥云如花托着我。
黄昏，
深圳沙湾看大海，捧起浪花一朵朵。
珍惜吧！
茶人『日日是好日』，永远做个快乐的我！

闲

——2014年5月作于武夷山庄

盖栋茅屋，隐居山间，让心享受悠闲。
听萧萧暮雨敲打竹窗，看空山晓月清辉缠绵。
醒来躺在树荫里，约小鸟谈天。
任阳光透过绿叶，亲吻我的脸。

盖栋木屋，习茶湖边，伴茶烟送走流年。
听一江春水和鱼谈心，看平湖秋月伴花不眠。
忘情煎茶芳草地，让心与茶对话，
任茶香涤污洗髓，润泽我心田！

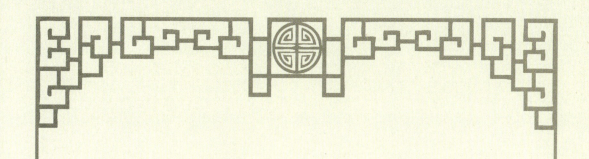

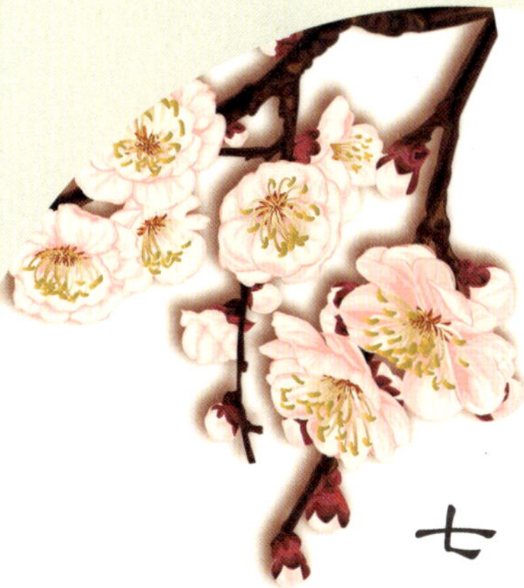

卷二

七言古诗

（一）品佳茗

武夷山御茶园品大红袍①

青山妩媚相对坐，风送溪声萦耳边。
闲煮石乳沏红袍，不羡帝王不羡仙。

与湘女品丹增尼玛②

杯中茶汤摇倩影，金花菌香沁人心。
湘女面含芙蓉色，笑把流霞频频亲。

注①：武夷山御茶园位于风景如画的九曲溪畔，创建于元大德六年（1302 年），现为武夷星茶叶有限公司的茶科所和茶叶品种园。大红袍被尊称为武夷茶王，是清代贡茶中的极品，具有岩骨花香的独特风韵，清代乾隆皇帝品饮各种贡茶之后赋诗赞曰："就中武夷品最佳，气味清和兼骨鲠。"如今去武夷山旅游，在御茶园"当回皇帝过把瘾，品啜茶王大红袍"是值得体验的一大幸事。

注②："丹增尼玛"是湘茶集团开发的金花茯茶的巅峰之作，研发团队于 2016 年荣获国家科技进步二等奖。此茶不仅菌香优雅，汤色靓丽，口感纯爽柔滑，回甘明显而持久，而且防治三高、降脂减肥、调理肠胃、防治心脑血管疾病的功效显著。

品刘安兴大红袍①

梦中几度到武夷，闻道红袍韵最奇。
岩骨花香醍醐味，令人一啜即入迷！

注①：刘安兴是武夷山大红袍制作工艺非物质文化遗产的新一代传承人，被茶友们戏称为“军长”，因为他有三个“师”：国家一级茶叶审评师、国家高级茶艺技师、国家高级制茶工程师。刘安兴所做的武夷岩茶是西安六如茶艺培训中心的教学标准茶样，我的评价是：品种特征明显，岩骨花香销魂！

君山岛品君山银针①

潇湘夜雨添新凉，
洞庭秋风送菊香。
夜静品罢君山茶，
痴待湘妃入梦乡。

注①：君山银针属于黄茶类，产于湖南岳阳洞庭湖中的君山岛，是中国历史上的十大名茶之一，芽头茁壮，长短粗细均匀，形细如针，外层白毫显露，故名君山银针，雅称“金镶玉”，具有清热降火、明目清心、提神醒脑、消除疲劳、缓解压力、缓解酒醉、拮抗烟毒、美容养颜、塑身健美、除痘祛斑、抗氧化、增强免疫力、抑制癌细胞的功效。清代被列为贡茶，滋味甘醇甜爽，久置不变其味。目前最著名的生产企业是湖南省君山银针茶业有限公司，这是由湖南省湘茶集团和湖南省岳阳市供销合作社、君山公园等单位共同出资组建的，集茶叶科研、种植、加工、销售、茶文化传播于一体的公司，是“国家级农业产业化重点龙头企业”。

天游峰品祥岩『牛肉』①

青山妩媚相对座，
风送溪声萦耳边。
天游煮泉品『牛肉』，
不羡帝王不羡仙！

注①：武夷山天游峰位于九曲溪畔，风景奇秀甲武夷。旅游界有种说法：“到武夷山没坐竹排等于白来，没登天游等于没游”。在天游峰顶煮一壶泉水，泡一泡“牛肉”，俯瞰碧水丹山，仰望蓝天白云，把盏品茗，不用“七碗”即可“两腋习习清风生”。“牛肉”是牛栏坑肉桂的简称。肉桂是武夷岩茶的三大当家品种之一，原产于马枕峰，香气高睿，茶汤浓郁、刺激性强，是对心灵最有震撼力的武夷岩茶。

雨夜品武夷水金龟①

杯中茶冷已无烟，好茶贵在回味甜。
雨骤风狂窗外景，七碗茶罢心自闲。

注①：武夷山历代都重视品种的选育和提纯，每年举办民间斗茶赛，大红袍、水金龟、白鸡冠、铁罗汉是清代民间评出的武夷四大名丛，其中水金龟原产于牛栏坑，香气高爽，具有蜡梅花香，滋味浓醇，岩韵明显。

武夷止止庵品老丛水仙①

仙山洞天锁月影，茶香余韵绕古琴。
庵外红尘暗天地，我心悠闲自品茗。

注①：止止庵是武夷山的道家圣地，位于大王峰下，水光石后，道教南宗五祖之首白玉蟾曾在此长期修行。庵名止止庵，内含的哲理十分启人心智，人生“当行则行，当止则止，止其所止，方为悟道。”即一个人能在人生坐标系中找准自己的最佳位置方为悟道。水仙、肉桂、大红袍是武夷岩茶的三大当家品种，武夷山茶界有“柔不过水仙，香不过肉桂，贵不过大红袍”之说。武夷水仙曾在1915年巴拿马万国博览会上荣获金奖。因为水仙茶是小乔木品种，树越老根越深，吸收的各种矿物质元素越多，所以老丛水仙不仅具有兰花香，而且越老韵味越迷人，口感越醇厚。在止止庵这样的道教洞天福地中品饮老丛水仙会有飘然欲仙的感觉。

北斗岩茶研究所品半天妖①

淡淡烟雨柔柔风，武夷无处不销魂。
闲来倚窗听春雨，独把茗盏向黄昏。

品武夷星陈年大红袍①

岁月流逝奈茶何？时光积淀养太和。
莫夸普洱老茶好，陈年红袍更奇绝！

注①：半天妖原产于三花峰绝顶的悬崖上，香气馥郁似蜜香，滋味浓厚回甘明显，是武夷岩茶的珍稀品种，大红袍从名丛升格为“品种”之后，半天妖被补入武夷岩茶四大名丛之中。北斗岩茶研究所是武夷岩茶泰斗陈德华先生的二公子陈捷创办的，生产的半天妖香气高锐，岩韵明显，非常适合作为茶叶审评的标样。

注②：武夷星茶叶有限公司提出了一个口号——“从星”认识大红袍，所以他们十分注意为客户提供不同年份及不同风格的大红袍。武夷山民间流传着一句话：“武夷岩茶当年是茶，三年是药，十年即成宝”，到武夷星若有缘能品到存放了十年以上的大红袍，那是茶人梦寐以求的福报。

天心禅寺品铁罗汉①

闲对禅茶独沉吟，茶禅一味传古今，
品到甘苦皆无味，人与梅花一样清。

注①：天心禅寺位于武夷山景区的中心，被许多名岩环抱，左青龙，右白虎，前朱雀，后玄武，还有五块巨岩宛如五匹大象朝着禅寺遥拜，风水极佳。禅寺创建于唐代，现是著名的旅游景点。铁罗汉是武夷岩茶的四大名丛中历史最悠久的品种，原产于内鬼洞，相传宋代时就十分著名，其香气浓郁悠长，滋味醇厚甘鲜，加上它的茶名与佛教有天然的联系，所以十分适宜作为禅茶。

品六安瓜片①

天赋奇韵最沁心，地孕妙香可通灵。
可笑贾母等闲辈，不识瓜片是仙茗。

与茶友金秋明品龙井②

三杯赖茅人微醉，七盏龙井心自清。
与友笑谈竹林下，虚心有节两知音。

注①：六安瓜片，片型烘青绿茶，创制于清代末年，产于安徽省六安市、金寨县、霍山县一带，以金寨县齐头山的最为有名，曾被评为中国十大名茶。陈宗懋院士主编的《中国茶经》中评价说："在我国名茶中独树一帜，采摘、扳片、炒制、烘焙技术皆有独到之处，品质也别具一格"。

注②：茶友金秋明既是茶人又是酒仙，那天他请我喝的"赖茅"酒，创制于1862年，是突破了历史上的酒类酿造的传统工艺，独创"回沙"工艺，研究出风格最完美的酱香大曲酒，有"赖茅不赖，享誉中外"的美誉。龙井茶是中国传统名茶，原产于杭州西湖龙井村一带，具有一千两百年的历史，具有"色绿、香郁、味甘、形美"的四大特点，被茶人称为四绝名茶。

祁门品祁红①

有幸祁门品祁红，贵妃杯中展芳容。
樽前论茶愧道浅，唯愿祁红更走红。

注①：祁红属于工夫红茶，创制于清代光绪元年（1875 年），因主产于安徽省祁门县而得名，是祁门红茶的简称，1915 年在巴拿马万国博览会上荣获金奖。祁红外形条索紧结、金毫显露，色泽乌黑泛“宝光”。香气浓郁高长，似蜜糖香，又蕴有兰花香，这种独特的地域香被国际茶业界人士称之为“祁门香”“王子香”。祁红的汤色红亮艳丽如红宝石，滋味醇厚甘鲜、回味甜润隽永，加奶后汤色粉红，滋味更加鲜美爽滑，深得中外茶人的喜爱。

黄山猴坑品太平猴魁①

喜在猴坑品猴魁，杯中春波唤春回。

凌波仙子初浴罢，翘首慵望知为谁？

注①：太平猴魁为历史名茶，属绿茶类，创制于清代末年，主产于黄山市黄山区（原太平县）一带，主要的茶树品种为“柿大茶种”，核心产区在猴坑、猴岗、颜家三个村民组，太平猴魁外形两叶抱芽，平扁挺直，自然舒展，白毫隐伏，有“猴魁两头尖，不散不翘不卷边”之称，芽叶肥硕、重实、匀齐；叶色苍绿匀润，叶脉绿中隐红，俗称“红丝线”兰香高爽，滋味醇厚回甘，香味有独特的“猴韵”，汤色清绿明澈，叶底嫩绿匀亮，芽叶成朵肥壮。品饮时能领略到“头泡香高，二泡味浓，三泡四泡幽香犹存”。

印江县品梵净山翠峰茶①

半年五度贵州行，喜得仙茗涤禅心。
梵净翠峰世罕见，一脉心香贯古今。

注①："梵净翠峰"是贵州省印江土家族苗族自治县的名茶，原料采于梵净山上海拔 800 ~ 1300 米生态茶园，梵净山翠峰茶，贵州省印江土家族苗族自治县所产茶叶品种之一。因主产于该县境内武陵山脉主峰——梵净山而得名。产品原料采自梵净山 800 ~ 1300 米海拔高度的福鼎大白茶群体品系茶园，产品具有"色泽嫩绿鲜润、匀整、洁净；清香持久，栗香显露；鲜醇爽口；汤色嫩绿、清澈；芽叶完整细嫩、匀齐、嫩绿明亮"的特点，赢得业内专家一致好评和消费者的喜爱，2005 年获准地理标志产品保护。

与戎玉廷先生品勐库茶魂①

临沧茶乡四季春，勐库『茶魂』最销魂。
若问平生快意事，戎氏茶厂煮清泉。

云南景迈山品生普洱②

林深时有花献媚，心静便觉鸟知音。
万里追梦云归处，觅得禅茶涤凡心。

注①：勐库戎氏茶厂是云南省首批通过 QS 认证的五宗普洱茶企业之一，茶厂建于双江县，主要的基地为勐库大雪山和半坡冰岛山，公司至力于打造“勐库”牌系列无公害放心普洱茶产品，“茶魂”是其中的精。

注②：景迈山位于云南省普洱市澜沧拉祜自治县惠民乡，海拔 1500 米，年降雨量 1800 毫升，这里的千年万亩野生乔木大叶种古茶园是目前世界上保存最完好、年代最久远、面积最大的人工栽培型古茶园，被誉为“世界茶文化历史自然博物馆”，是中国茶文化发展史的活见证，也是世界茶文化的根和源。

重庆品永川秀芽①

池畔翠竹伴青松，听泉听雨又听风。
醉泡温泉品秀芽，此身如在童话中。

赵州柏林禅寺品白茶②

茶痴生来爱佳茗，欲借清茶涤禅心。
连啜七碗赵州茶，从谂古佛成知音！

注①：永川秀芽创制于1959年，产于重庆市永川区（原四川省永川县）。它象征着秀丽幽雅的巴山蜀水，也反映出色翠形秀的名茶特色。永川秀芽的鲜叶以“早白尖”“南江茶”等良种茶为优，标准为一芽一叶初展或开展，要求芽叶完整，新鲜，洁净。成品茶条索紧直细秀，翠绿鲜嫩，汤色清碧明亮，香气幽雅，口感甘鲜醇爽。

注②：唐代从谂禅师被人尊为赵州古佛，驻世120年，在赵州弘法，以“吃茶去”公案传世度人。赵朴初居士有诗云：“七碗受至味，一壶得真趣。空持百千偈，不如吃茶去”。白茶是中国特有的茶类，采来的茶青不炒、不蒸、不蹂、不捻，直接晾干或文火低温烘干即可。主产于福建省的福鼎市与政和县。

景谷茶厂品『月光美人』①

无量山下又逢春，奇茗对我展芳容。
月光美人最有韵，一啜三日都销魂。

西湖品龙井

丽日和风示温馨，水光山色与人亲。
泛舟西湖品龙井，『四绝』回味到如今。

注①：景谷傣族彝族自治县位于云南省西南部，是大乘佛教和小乘佛教交融之地，域内有佛祖脚印、佛祖手掌印及众多佛教名胜，有佛迹胜地之称。无量山云南省的著名山脉，在景谷县内的面积2581平方公里。“奇茗”是指景谷县的优良茶树品种秧塔大白茶，用秧塔大白茶的嫩芽嫩叶晾干的茶称为“月光白”昵称“月光美人”，此茶甘鲜醇爽，品后刻骨铭心，令人难以释怀。

郎德苗寨品雷山银球①

郎德古寨存古风，
雷山银球最勾魂。
山歌佐茶身心醉，
欲留苗寨做茶翁。

注①：郎德苗寨位于贵州雷山苗族自治县的苗岭腹地，距凯里市 29 公里，全寨 118 户，分为上下两寨，其中上寨是旅游景点，依山傍水，茂林修竹掩映着古朴的苗家吊脚楼，整整齐齐、干干净净的鹅卵石小径蜿蜒通幽，在保持着原生态的苗家木屋中和苗族兄弟姐妹一曲飞歌一碗酒，一曲山歌一盏茶，实在是快活似神仙。那一天，我和县政协陈主席喝的是雷山银球茶，这茶荣获 2015 年贵州省绿茶茶王称号，并被评为世博会百年金奖名茶，荣获“金骆驼奖”。

梅家坞有美堂中品龙井

闲邀茶友访知音，有美堂中美梦新。
观鱼听泉倚荷影，纸窗夕阳最温馨。

重庆东温泉品永川秀芽①

永川秀芽昨夜品，今朝唇齿留余香。
此地泉茶两奇绝，客来皆醉温柔乡。

注①：重庆东温泉当属中国第十，西部第一风景秀丽之地。永川秀芽是重庆的十大名茶之一，属于绿茶类，探索紧直细秀，色泽翠绿，汤色清绿，叶底嫩绿，香气清幽高雅，滋味鲜甘纯爽，泡在温泉中喝最妙。

与释界隆法师天荒坪品安吉白茶①

天荒地老前世约，今日喜践缁素缘。
师是皎然通三藏，度我一杯不老泉！

注①：天荒坪是安吉白茶的祖庭。白茶是茶树白化变异后的名贵品种，在宋徽宗的《大观茶论》中便有记载，后来失传很久。1982年在安吉县天荒坪镇800米的高山上发现一株，作为母树，经当时县林科所技术员刘益民等剪穗繁殖成功，逐步在全国主要茶区推广。安吉白茶属于绿茶类，但是口感比其他绿茶更加清爽甘鲜，提升免疫力的功效突出，因此深受欢迎。天荒坪有一口“不老泉”，与白茶是绝配。

雪中登峨眉金顶品雪芽①

惊蛰问茶峨眉巅，喜见瑞雪舞翩翩。
踏雪仙山品雪芽，不是神仙也是仙！

品茶祖②

半盏月光半盏茶，半涤心田半解乏。
半俗半雅品茶祖，半分闲情醉流霞。

注①：峨眉雪芽是千古名茶，唐代称为“峨眉白芽”，宋代时有“雪香”“清明香”等雅号，盛产于峨眉山海拔 800 ~ 1200 米处，常年云雾空蒙的赤城峰、白岩峰、玉女峰、天池峰、竞月峰下和万年寺一带。茶叶具有扁、平、滑、直、尖的特点，泡之香气清香馥郁，色泽嫩绿油润，汤色嫩绿明亮，口感清醇淡雅，叶底嫩绿均匀。

注②：于 2016 年在北京饭店鞠肖男茶文化工作室品产于临沧大雪山上的杏树茶即兴而作。

夏品冰岛茶①

一壶冰岛一炉烟，
禅心洗净似白莲。
长安三伏火烤城，
有茶便是清凉天。

注①：诗中的“冰岛”是指产于云南临沧市勐库冰岛村的大叶种茶，这种茶回甘持久、细腻，滋味饱满、纯爽、多变，蜜香馥郁，被誉为“普洱皇后”。冰岛村委会下辖五个村子：冰岛、地界、糯伍、南迫、坝歪。冰岛古树茶，初入口苦涩度非常低，但丰富的层次感在茶汤咽下后会令人愉悦地展开，馥郁清爽的茶味细腻地撩拨着味蕾，回甘怡人，具有大家最熟悉的冰糖香。几泡之后喉咙部位会有清凉甜爽的感觉，很舒适。

品陈升号大树茶①

老茶根茎披苍苔，敢问仙人何时栽？
一品千年古茶味，禅心顿悟见如来。

注①：“陈升号”为云南勐海陈升茶业有限公司于2009年10月28日注册成功的商标，是以董事长陈升河先生的名字命名的品牌。陈升河先生是专家型企业家，具有三十多年经营茶产业的成功经验，茶叶的审评、拼配和烘焙火功的掌握是他的三大绝活。2006年在经过三个多月的深入考察之后，陈先生以独特的眼光把经营重点从深圳转移到勐海，经营的产品从乌龙茶改为普洱茶，十年间先后在老班章村、南糯山半坡老寨、易武镇等地建立了生产基地，开发了“老班章”“金班章”“复原昌”等系列优质产品，随着企业的快速发展，目前已成长为普洱茶中大树茶领导品牌。

（二）品意境

月夜品茗赏梨花

冷面佳人淡脂粉，
热心炉火恋茗烟。
茶罢践约梨花梦，
月移花影到枕边。

邀月品茗记梦

邀月品茗曲江前，
茶罢噙香月下眠。
人道茶醉多美梦，
此乐羞于对君言。

浙大南华园雨中品茗①

雷雨多情留远客，
南华品茗聚群英。
玉女琵琶伴雷鸣，
奏曲天籁酬知音。

六如茶艺师秦岭品茗

一曲天籁茶一杯，
一溪清流去不回。
一句法语吃茶去。
一缕茶烟逐云飞！

注①：南华园是浙江大学中美丽的一景，那日在雷雨中悠然自得地弹琵琶者是米兰世博会中国大学生茶艺团的杨瑞。

品茗上海茗邦堂①

柴门凌霄秋著花，绿叶如篱隔喧哗。
斜阳庭院陪鱼乐，闲靠摇椅独品茶。

武夷山建霖兄茶室外品茶②

鸟声水声伴梵音，花香茶香皆可亲。
倚松伴竹人自寿，云聚云散不关心。

注①：上海茗邦堂是茶文化宣传大使、倚邦公主李宝儿创办的普洱茶会馆，环境闹中取静，古雅清幽，恬淡自然。

注②：陈建霖先生是武夷山自然景观和生态环保的第一人，CCTV 曾用上下两集电视专题片报道过他的感人事迹。陈建霖自称“狗官建霖”，意为自己甘做武夷山的看家狗。他还是一位自学成才的奇才，精通书法、绘画、雕塑、建筑、诗词，为武夷山留下了许多传世作品。

品茗武夷山

深入仙山知几重？
微微细雨柔柔风。
此处应无俗客到，
山花含笑迎茶翁。

诗岛月夜品茶①

登临诗岛当吟诗，
吟诗最宜月明时。
活火煮泉品幽趣，
几缕茶香绕花枝。

注①：文中的诗岛指温州市的江心屿。该屿是中国四大名屿之一，岛上风光秀美，双塔凌空，古寺庄严，被誉为“瓯江蓬莱”。历代著名诗人谢灵运、孟浩然、韩愈、陆游、文天祥等都留曾迹于此，因此也称为诗岛，值得一游。

重游武夷山御茶园品茗①

此山此水韵如何？如诗如画感慨多。
青山不改当年绿，往事却已逐逝波！

与岩茶泰斗陈德华品茶②

满院幽兰正著花，红尘净土茶人家。
老友相聚茶当酒，七碗生风③乐无涯。

注①：武夷山元代御茶园建于元大德六年（1302年），1997年我在这里培训了第一批茶艺师，并在此编著出版了《武夷茶话》《中国茶道》《中国茶艺学》等三本书。

注②：陈德华先生是武夷岩茶泰斗，媒体称为“商品大红袍之父”，我的良师益友。

注③：“七碗生风”典出于唐代诗人卢仝的《走笔谢孟谏议寄新茶》。

武夷星茶观月夜读书品茗[①]

窗外冷月照芭蕉，读罢断桥读康桥。
人生闲愁为情困，一盏苦茶品寂寥。

万松禅院品茗听松[②]

燕赵天寒月蒙胧，禅院品茗夜听松。
灵山瑞气传天籁，风送佛语入耳中。

注①：武夷星茶观位于武夷宫九曲溪竹排码头旁。“断桥”指《白蛇传》，“康桥”指徐志摩的《再别康桥》。

注②：诗中的万松禅院位于河北省唐山市景中山景区内，这里是难得的世外桃源，可在绿树蓝天的自然风光中享受暮鼓晨钟的禅悦。

武夷山庄品茗记梦[1]

山庄背倚幔亭峰，
仙山处处有仙踪。
昨夜茶罢梦玉女，
竟随茶香入画中！

野趣

一溪一桥一茅屋，
一炉一盏一瓦壶。
仙子唤我吃茶去，
未品佳茗心已足！

注①：武夷山民间传说皇太姥曾在幔亭峰顶宴请群仙。玉女峰是武夷山的标志性山峰，屹立在离武夷山庄不远的九曲溪边。

晨探止止庵品茗

古庵处处布苍苔，
山门未晓已洞开。
道长烹茶迎远客，
一缕清香扑面来。

冬夜煎茶

枯桐疏枝摇月影，
瓦壶水沸听泉声。
莫向红尘论清浊，
独恋茶香纯且真。

咏菊寄遥

冬夜菊花香更清，
半染书斋半沁心。
煮泉伴菊品佳茗，
菊茶皆是我知音。

微雨中告别少林

苍天亦有惜别泪，
古刹风铃奏离歌。
临别奉师茶七碗，
禅者惜缘是本色。

少林晨曲

古刹清晨茶飘香，
风吹秋花落空廊。
静听殿檐风铃响，
少林寺里处处禅。

少林晨起散步有感

少林功夫冠天下，
少林禅茶润万家。
身入古刹何所见？
剑气禅韵并蒂花。

闲

结庐青山依茶园，
白云半间我半间。
听香听泉听天籁，
茶翁茶心比云闲。

慢亭峰夜游品茗[1]

梦回慢亭忆旧游，
铁笛[2]吹残山林秋。
玉女临溪空照影，
最怜茶盏月如钩。

注①：“慢亭峰”和“玉女峰”都是武夷山36峰中的著名的山峰。
注②：“铁笛”是指在武夷山修道成仙的道士张铁笛。

品孤独

愤世嫉俗未脱俗，
恋花恋月恋玉壶。
何当把茶喝通透，
居闲趣寂①品孤独。

普洱市梅子湖夜品茗

梅子湖畔沐秋风，
竹姿花韵一梦同。
最爱碧空勾魂月，
倩影入我茶杯中。

注①：茶圣陆羽在《四标》诗中提出：“推能归美为德标，居闲趣寂为道标。”居闲趣寂是悟道者的境界。

（三）品禅韵

品茗读经

闲煮香茗颂佛经，
松风汤沸皆法音。
莫道喝茶便是道，
杯中花影乱人心。

天山滑雪场品茶

白雪浓雾锁天山，
红尘仙阙两茫茫。
竹炉汤沸心自暖，
热茶一盏便是禅。

雨夜品茶

寒风吹雨雨打窗，
一盏热茶万境闲。
花残叶落窗外景，
浮生与我不相关！

赵州柏林禅寺品茶

一塔擎天天不老，
庭前古柏发新枝。
月夜同品赵州茶，
茶韵禅意心自知。

品天心禅茶①

昨夜品得茶真味，
心窗从此为佛开。
莫道禅机深难测，
半盏清茶见如来。

与释界隆法师品茶②

闲心闲情闲读月，
品茶品味品人生。
如梦如幻如泡影，
活在当下即是真！

注①：“天心茶禅”是指武夷山天心永乐禅寺出品的禅茶。天心寺的法师多精于制茶，方丈释泽道法师曾荣获武夷山名丛茶王。

注②：释界隆，浙江长兴县寿圣寺方丈，吉祥寺（大唐贡茶院内）、云林禅寺住持。2013 年第八届世界禅茶文化交流大会总策划，复旦大学新闻学毕业。1999 年于上海圆明讲堂礼上世下良法师出家，2003 年依上圆下成大和尚常住长兴寿圣寺，现任浙江省佛教协会常务理事、湖州市佛教协会第一副会长、长兴县佛教协会会长。湖州市书法家协会会员，长兴县书法家协会顾问，西泠印社社友会会员。

光孝寺冷水泡茶[1]

慈航处处度迷津，
有缘吉时古寺行。
莫怨而今丹灶冷，
冷泉泡茶更清心！

少林寺夜品茗

古刹品茗夜已深，
秋风多情送梵音。
银河似已悟禅意，
为我点亮满天星。

注①：福建省建瓯市光孝寺位于城南铁狮山麓，建溪之滨，规模宏大，环境清幽，景致奇绝，是名闻中外的十方丛林的古刹大寺，始建于六朝陈武帝永定二年（558年），迄今已有一千四百多年的历史。

品六如茶

奉君一盏六如茶，
细嚼清风味尤佳。
洗尽凡尘心自爽，
快意人生乐无涯！

品茶偶得

平生纠结我是谁？
郁闷难解苦品茶。
忽然顿悟我是我，
心香一瓣发莲花！

巴南东温泉品茗夜浴

仰望星空寻自性，叩问心灵求本真。
温泉涤心明上善，茶醒尘梦见法身。

吉祥寺品茗悟禅

云在青天水在瓶①，茶入谁口润谁心。
千古春色示禅意，花红柳绿草青青。

注①：此句为唐代高僧惟俨禅师开示节度使李翱的禅语，我甚爱之，故借用作为悟禅的起句。

陆羽像前品茗有感

自古茶人无凡圣，
我与陆羽是知音。
调整时差共一醉，
杯茶品出天地心！

云在青天水在瓶

云在青天水在瓶，
冷月寒潭皆有情。
悟得药山禅师①语，
紫砂壶中可修行！

注①：药山禅师，法号惟俨，别号药山，是唐代高僧。他博通经纶，严持戒律，属禅宗南宗青原行思一系，曾以一句“云在青天水在瓶”引渡当时著名学者郎州刺史李翱悟道。

雨夜品茗读《心经》[1]

窗外风冷雨昏朦，
杯中茶暖映晴空。
夜读心经慧灯亮，
万象朗朗茶盏中。

佛说

茶香无情弃俗骨，
醍醐有缘涤浊肠。
佛指茗盏传法语：
拿起放下即是禅！

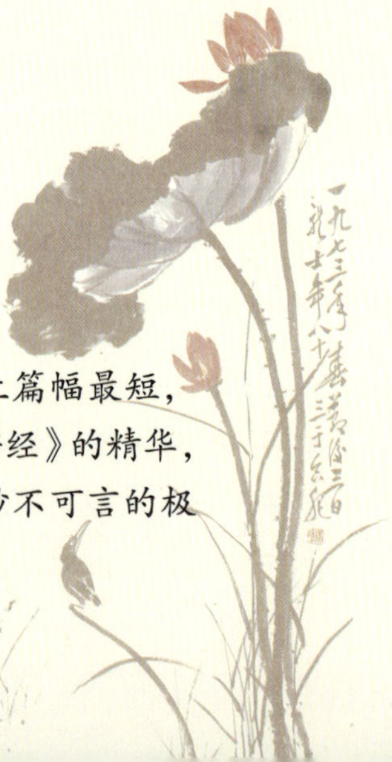

注①：《心经》全称《般若波罗蜜多心经》，是世界上篇幅最短，含义最深的宗教经典，用260个字浓缩了600卷《大般若经》的精华，破解人生真相，洞见人生真境，使人胸怀开阔，达到妙不可言的极乐境界。

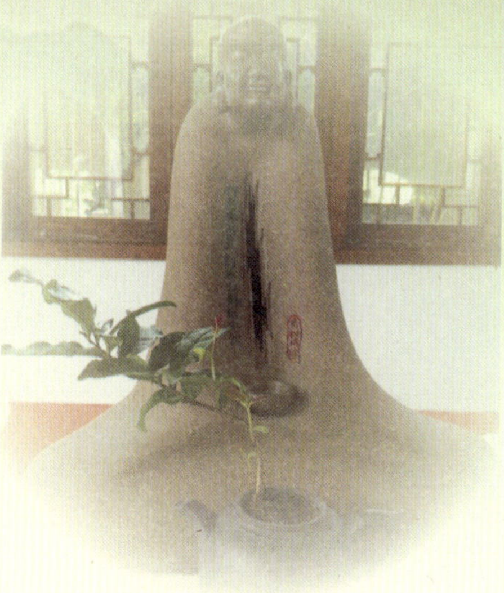

禅

黎明静听雨打窗，
闲汲山泉煮龙团。
禅心已似杯中茶，
暗发清香不起澜。

长安秋月

碧空心海两无尘，
闲赏古月照古城。
茶熟开怀喝七碗，
当下我便是茶神。

禅茶

一杯清茶敬祖师，
杯空杯满两由之。
莫论达摩西来意，
真空妙有几人知？

自叙

戴上草帽是茶农，
披上纳衣是禅翁。
君问茶道我指月，
一切尽在不言中。

修习禅茶

窗外翠竹窗内兰，
古刹梵乐音绕梁。
瓦壶水沸茶飘香，
钟声云影皆是禅！

得福①

紫砂葫芦绿泥壶，
玛瑙小杯韵味足。
佛祖为我拍手笑：
随喜品茶即是福！

注①：《得福》为喜得青年陶艺家沐焰忠伟的玛瑙杯而作。

（四）其他

祭叔公林觉民①

少年不望万户侯，
铁血柔情写春秋。
家国皆爱伟丈夫，
晚辈以茶继风流！

题林治茶文化工作室

心中有佛家亦寺，
禅心处处沐春风。
甜茶苦茶皆法味，
茶喝透时道自通。

注①：林觉民（1887—1911），字意洞，号抖飞，是我的叔公。他自幼聪慧，敏而好学，才华出众。光绪二十六年（1900 年）遵父命参加科举考试时却无意博取功名，遂在考卷上写了“少年不望万户侯”即离场而去。后来叔公参加同盟会黄兴领导的广州起义，受伤被俘，从容就义时年仅 24 岁，成为“黄花岗七十二烈士”之一，留下的《与妻书》感天动地，传颂千古。他生于福州，长在福州，酷爱福州花茶，故此诗中曰“晚辈以茶继风流”。

悼陈文华兄[①]

忆君往事隔云烟，
携手论茶十八年。
慈航度君彼岸去，
天堂又多一茶仙！

知足

一炉一盏一瓦壶，
一窗风月一丛竹。
一曲天籁一首诗，
一啜一咏一生足。

注①：陈文华先生是我国著名的茶人，于1935年出生于福建省厦门市，1958年毕业于厦门大学历史系。曾任江西省社会科学院副院长、江西省茶叶协会名誉会长、江西省中国茶文化研究中心主任、中国国际茶文化研究会高级顾问，浙江林业大学茶文化学院客座教授、《农业考古》主编，对弘扬我国的茶文化做出了卓越的贡献。先生于2014年5月14日20时07分在出差途中不幸逝世，特作此诗悼念。

茶罢一叹

窗外东风又催春，
弹指此生近黄昏。
名利送与陌上客，
闲座茶室听松风。

六如茶艺师赞

气质如兰人如莲，
不染红尘心自闲。
从谂和尚若在世①，
定请煮茶供佛前。

注①：从谂和尚亦称赵州古佛（778—897），唐代高僧，是禅宗史上震古烁今的大师，80 岁高龄时驻锡赵州观音院（今柏林禅寺）弘法 40 年，住世 120 年，留下“吃茶去”著名公案。

题后柳老街古道茶馆①

后柳老街临汉江，
茶馆为街添风光。
不知陆羽可曾到，
古镇千年飘茶香。

攀登张家界天波府②

奇峰峭拔翠连云，
天波府在白云中。
莫道茶人多文弱，
敢攀危崖御长风。

注①：后柳老街即后柳古镇所在地，是秦巴圣地，汉水之滨的千年古镇，享有“汉江三峡第一镇”的美誉，位于陕西省石泉县南18公里。传说唐代茶圣陆羽问茶时曾到过此处。

注②：张家界天波府景区地势险要，风景奇秀，其中的观景台是俯瞰三千奇峰，八百秀水的最佳处，满目奇景美不胜收，笔者有幸曾到此一游。

茶壶中种茶

——访商品大红袍之父陈德华先生

冒雨问茶到山家，
喜见壶中育一茶。
主人不期有收获，
但求相伴乐无涯！

今夜又做儿时梦

小园竹丛扑流萤，
芳草池塘夜听蛙。
今夜又做儿时梦，
月下泡茶祭落花。

洛阳白马寺问石马

白马寺外独沉吟，佛法西来日月新。
送法白马若尚在，可肯伴我耿茶经？

待仙谷听谭盾大师禅宗音乐大典①

空山空谷人空灵，皓月如水晚风轻。
禅乐涤心似有悟，煎茶水沸亦梵音。

注①：待仙谷在中岳嵩山脚下，距少林寺不远。谭盾大师的实景禅宗音乐大典依山借势，气势恢宏，能引得山谷共鸣，令人涤心洗髓。

茶酒两生花

自古茶酒两生花，
品罢甘露醉流霞。
茶人包容且潇洒，
情到深时酒亦茶。

春日疯语

大梦醒来春已深，
落花哀怨听未真。
茶人常怀忧国恨，
瓦壶敲出金石声。

赠湖南农大刘仲华教授①

此生痴情苦恋茶，
浪迹天涯寻灵芽。
何当汲得白沙水，
伴君潇湘醉流霞。

问壶

问壶肚大可容禅？
壶嘴朝天不屑言。
倾身奉我茶一盏，
饮罢心闲好安眠。

注①：湖南农业大学领衔博士生导师刘仲华教授是我国茶学科的学术带头人。白沙水指至清至洁的灵泉——长沙白沙井之水。

茶道与瑜伽结合赞①

茶道瑜伽并蒂莲，
两者皆与佛有缘。
而今融入大智慧，
修得体健心安闲。

茶人茶心

古都论茶遇知音，
茶人自当有茶心。
身无傲气有傲骨，
敢借杯茶论浊清！

注①：2016 年 4 月 19 日，在贵州凤冈仙人岭和印度瑜伽大师 Swami sachidananda（萨祁达南达）论瑜伽与茶禅一味，并观看我的学生和瑜伽高手们的合练。

柏林寺万佛殿前茶会①

万佛殿前聚万众，
禅寺茶会禅意浓。
愿随从谂吃茶去，
凡心开悟与佛同。

采茶吉祥寺②

昨天挖笋今采茶，
寺前佳茗发灵芽。
欣逢紫笋开园日，
六如仙子乐无涯。

注①：2015 年 10 月 7 日，第十届世界禅茶大会在赵州柏林禅寺召开，高峰论坛之后，来自全国各地的禅茶爱好者在万佛殿前布了 100 个茶席，表示禅茶文化也要百花齐放。

注②：2013 年春率六如茶仙子到浙江省长兴县吉祥寺采茶。吉祥寺位于长兴大唐贡茶院内。紫笋是唐代贡茶。

寿圣寺绕塔①

昨夜禅茶润枯肠，
今晨宝塔现佛光。
潜心绕塔三千转，
从此苦海得慈航。

元宵夜寄友人

茶香月色满画楼，
枕书抱月忘春秋。
仙山独过元宵夜，
一盏苦茶洗闲愁。

注①：据《涅槃经》等大乘佛教经典记述，佛塔是佛陀的意所依。小乘佛教的《根本律释》中云："佛塔即法身"。因此绕塔功德巨大，潜心绕塔可使人"远离于八难""一切罪障皆得消灭"。不过《华严经》中说得很明白，绕塔必须顺时针，至少绕三匝，如果逆时针绕不仅没有功德，而且有大过。

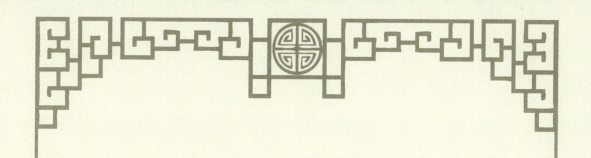

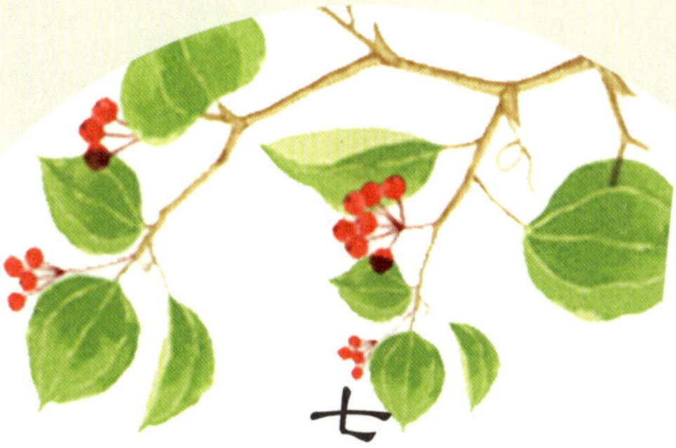

卷三

七言杂诗十五首

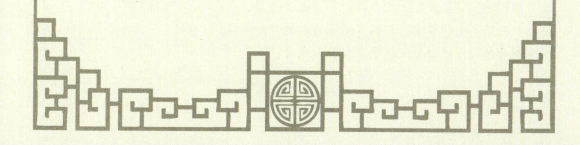

◉品『品品香』白茶①

——赠品品香茶业董事长林振传

辞别仙山整七年，再来又是金秋天。
当年白茶已成宝，一碗饮罢几欲仙。
更喜知己创伟业，太姥山下谱新篇。
此来共商弘茶道，誓让茶香满人间。

注①：福鼎市的太姥山有“海上仙山”之誉，是中国白茶的主产区。生产的白茶“当年是茶，三年变药，七年成宝”，因其清淳清甜的口感和清肺清热的保健功效而深受广大茶人欢迎。

寿圣寺习茶禅修有感①

——赠寿圣寺方丈释界隆法师

有缘际会寿圣寺，得师法雨润莲花。
空不异色谁是我？色即是空何处家？
茶涤心源法身现，裁片祥云做袈纱。
归来再品六如茶，心空杯空味尤佳。

注①：寿圣寺位于浙江省长兴县水口乡顾渚风景区内，始建于三国，距今已有1700多年的历史，曾为浙北首刹，现在的方丈释界隆法师不仅是一位精通佛法的高僧，并且书法、诗词、摄影皆造诣精深。

抒怀①

——与『六如家人』共勉

今生有幸习茶道，心破桎梏游九霄。
嫦娥寂寞相伴舞，牛郎把酒酹滔滔。
神仙尚有不尽意，何不伴茶乐今朝？
悟彻佛祖六如偈，放下执着愁全消！

注①：佛祖下《金刚经》的结尾有一偈曰：“一切有为法，如梦幻泡影，如露亦如电，应作如是观。”这就是著名的“六如”偈。我把这首偈整理成对联的上联：如梦如幻如露如电如泡影；对了下联：惜花惜月惜情惜缘惜人生。这就是“六如”人对待生活的基本理念。

遵义凤冈问茶①

——2016年春作于遵义机场

御风千里到遵义，春雨初歇云脚底。
青山依然旧时景，绿水喜泛新涟漪。
茶园灵芽探头笑，秀色连云与天齐。
此行凤冈问茶去，未品仙茗已痴迷！

注①：遵义市凤冈县是中国锌硒有机茶的主产区，“锌”被医学界称为“生命的火花”“夫妻和谐素”，“硒”被誉为“月光元素”“抗癌之王”“长寿之星”，常饮富含锌硒元素的有机茶对强身健体，益寿延年有显效。

茶人

——与天下爱茶人共勉

忘龄茶人无垂暮，一把瓦壶走天涯。
夏集荷露烹龙井，冬取梅雪煎茯茶①。
春踏落英采碧螺，秋啜红袍赏菊花。
人生旅途处处景，寿命长短任由它。

注①：诗中的“龙井”是指“龙井茶之魁”狮峰山龙井茶。“茯茶”是指经冠突散囊菌发酵的黑茶，湘茶集团所产的“丹增尼玛”是茯茶的巅峰之作。“碧螺”是指洞庭山碧螺春。“红袍”是指武夷茶王大红袍。

普陀山普济寺品茗①

海天佛国沐朝晖，竹露染衣入翠微。
芳草迎客频招手，灵雀多情绕人飞。
普济寺里求普济，法雨庵内洗昨非。
最爱煮泉古松下，与师品茗乐忘归。

茶翁自白

茶翁越老越痴呆，喜怒哀乐不挂怀。
问茶闲踏芳草去，汲泉笑捧月归来。
日暖闲座陪茶语，夜静听香看花开。
自在童心如钻石，折射人生成七彩。

注①：普陀山普济寺为清代乾隆年间的建筑，整个寺庙修筑在山势比较宽阔平坦的地带。大殿内古木参天，繁花似锦，芳草如茵，寺西南侧有一潭清泉四季涌流，大殿是由铜瓦盖顶，气势恢宏，这里四季香火鼎盛。

中秋寄遥

淡淡秋寒淡淡愁，淡淡月色满画楼。
淡淡彩云窗前过，淡淡茶香齿间留。
淡淡薄酒图一醉，淡淡清茶解千愁。
淡淡诗意淡淡墨，淡淡思念寄茶友！

重阳一叹

一抹红霞映画廊，一树梧桐落叶黄。
一缕白云风吹散，一只孤雁送残阳。
一丛菊花一壶酒，一杯苦茶回味长。
一弯新月钩思念，一首小诗诉衷肠。
一咏一叹一问讯：一样吟秋度重阳？

与旧友品茗

有茶旧友话语新，人知音时茶知音。
一颦一笑分外亲。玉壶水沸颂梵音，
茶香氤氲染衣襟。窗外明月映禅心！

贵阳王阳明祠品茗抒怀

昨夜御风贵阳行，高原新月最多情。
披彩云，笑相迎。
今宵清茶祭阳明，知行轩里苦沉吟。
心学在？谁奉行！

五台山问佛①

登临五台佛日开，清风引我拜如来。
不求福禄不求寿，唯求一问能释怀：
“未曾生我谁是我，生我之时我是谁？”
世尊听罢传法语：茶喝透时即明白！

注①：清顺治皇帝在五台山出家时曾作《归山词》，其中有人类对自身千思万想不得其解的一问。“未曾生我谁是我，生我之时我是谁？”

『六一』抒怀

一事无成人渐老，一脉心香存本真，
一心恋茶终不悔，一批知己弥足珍，
一支秃笔传茶道，一壶苦茶慰平生。

端午节闲吟

昨夜梦中游神州，驾长风，登琼楼。
又见万家包香粽，片片竹叶裹闲愁。
屈子忧国恨，早随逝水流；
唯有白蛇怨，至今犹未休。
江山更迭情不变，茶香千古说风流！

戏续唐伯虎『桃花庵』

原诗节选：

桃花坞里桃花庵，桃花庵下桃花仙。
桃花仙人种桃树，又摘桃花卖酒钱。
酒醒只在花前坐，酒醉换来花下眠。
半醉半醒日复日，花开花落年复年。
但愿老死花酒间，不愿鞠躬车马前。

戏续两句：

而今车马不识道，只载权贵不载仙。
且置苦茶桃花下，独品人间四月天。

卷四

组诗

（一）小舟四首

小舟（一）

此生愿得一扁舟，
与君漂到天尽头。
载茶载酒载日月，
不载人间半点愁。

小舟（二）

独驾孤舟泛五湖，
常隔落花待月出。
煮茗置酒邀共醉，
不知可有知音无？

小舟（三）

最喜携茶泛孤舟，
浪迹萍踪送春秋。
云谲波诡人间事，
禅心伴茶游九州。

小舟（四）

兰舟载茶泛中流，
波光云影锁清秋。
两岸红尘全不见，
野鹤声中水悠悠。

（二）茶与月十首

◎（一）待月

冬夜菊花香更清，
半染书斋半沁心。
煮泉伴菊痴待月，
只为嫦娥是知音。

◎（二）迎月

小院迎月花弄影，
池畔煮泉试新茗。
人生旅途无穷乐，
且品且歌且徐行！

（三）读月

品茗日久香透骨，
读月到老人如诗。
开口便劝吃茶去！
不怕世人笑我痴。

（四）问月

新年古月又一新，
清辉入怀心自清。
茶道迢迢通何处？
朗月为我指迷津！

（五）抱月

碧空弯月如虚舟，
不载人间半点愁。
年来好做狂客饮，
抱月品茗上西楼。

（六）吻月

六如轩里醉茶香，
洞箫古琴音绕梁。
把盏亲吻汉唐月，
笑向秋风傲帝王。

（七）餐月

与君共品六如茶，
细嚼清风味尤佳。
饱餐明月透心亮，
快意人生乐无涯！

（八）踏月

茶烟袅袅逐云飞，
茶汽氤氲香染衣。
且随从谂吃茶去！
茶罢乘风踏月归。

（九）追月

七碗茶罢一身轻，
彩云追月到天心。
茶道迢迢向何处？
谢月为我指迷津。

（十）送月

冷面梨花淡脂粉，
热心炉火恋茗烟。
茶罢送月花垂泪，
独对空枝心更闲。

（三）藏头诗十首

藏头诗《和静怡真》①

和风吹梦四月天，
静听梵音不忍眠。
怡情快意吃茶去，
真如妙法悟心间。

藏头诗《精行俭德》②

精诚所至金石开，
行端品正见如来。
俭朴惜福倡茶道，
德艺双馨济世才。

注①：和静怡真”是中国茶道四谛，其中“和”是中国茶道的哲学思想核心。“静”是修习茶道的不二法门。“怡”是修习中国茶道的身心体验。“真”既是中国茶道的起点，又是中国茶道的终极追求。

注②：“精行俭德”是中国茶道的人文追求，出自唐代茶圣陆羽的《茶经》：“茶之为用，味至寒。为饮，最宜精行俭德之人。”

藏头诗《不乱于心》①

不到嵩山拜达摩，
乱花迷眼诱惑多。
于今只与茶相伴，
心香一瓣养太和。

藏头诗《茶道养生》②

茶亦解语能通神，
道心伴我叩禅门。
养得一腔浩然气，
生生世世作茶人。

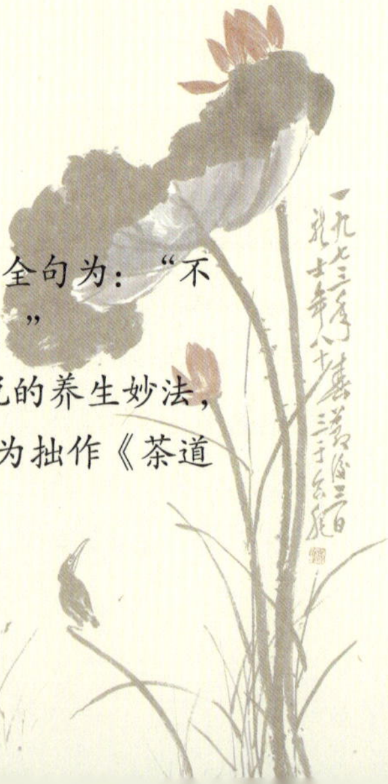

注①：“不乱于心”出自丰子恺的《不宠无惊过一生》。全句为：“不乱于心，不困于情，不畏将来，不念过往。如此，安好！”

注②：茶道养生是当代最有效，最全面，最令人身心愉悦的养生妙法，它包括“以茶养身”和“以道养心”两个方面。此诗是为拙作《茶道养生》题写的藏头诗。

藏头诗《笑对人生》

笑口常为奇茗开，
对酒当歌亦快哉。
人心超脱八苦①累，
生死悟彻即如来！

藏头诗《室雅兰香》

室小心宽涵乾坤，
雅韵恬静与茶同。
兰品高洁是我师，
香蕴正气茶人魂。

注①：“八苦”是指佛祖如来总结的“生苦、老苦、病苦、死苦、爱别离苦、怨憎会苦、求不得苦、五蕴盛苦。”

藏头诗《六如茶艺》①

六根共识茶真味，
如得甘露涤凡心。
茶禅一味勤修习，
艺精德高世人钦。

藏头诗《金秋品茶》

金风送爽露凝香，
秋虫秋声音绕梁。
品罢仙毫②心微醉，
茶韵悠悠回味长。

注①：六如茶艺培训中心是笔者1997年创办的全国茶艺培训机构（当时我国大陆尚未开设茶艺师职业），目前我们独特的茶艺理论体系是“三足鼎立，四轮驱动”。即茶艺平台是由精细高雅的“清饮”，温馨浪漫的“调饮”，益寿延年的“药饮”三足鼎立支撑起来的；茶艺是由舞台表演型、生活待客型、企业营销型、修身养性型四大类型功能各不相同的茶艺相辅相成来推动发展的。修习茶艺必须心术并重，道艺双修，以道驭艺，以艺示道。

注②：诗中的“仙毫”是指陕西省西乡县的名茶“午子仙毫”。此诗2012年秋在陕西省西乡午子绿茶公司问茶时作。

藏头诗《金秋煮茶》

金风吹梦到天涯，秋深互助①访农家。
煮沸黄河源头水，茶韵奶香胜桂花。

藏头诗《品品香好，绿雪芽妙》②

品茶品味品人生，品饮白茶最时兴。
香幽韵雅美如梦，好茶养身又养心。
绿云太姥蕴灵气，雪洞奇茗竞芳馨。
芽翠毫白世罕见，妙绝风味冠古今！

注①：诗中的“互助”是指青海省互助土家族自治县。这里的乡亲都以青稞酒、熬茶和奶茶待客。此诗2012年深秋在青海省问茶时作。

注②：品品香、绿雪芽是中国白茶的两大著名品牌。此诗2015年参加品品香和绿雪芽的产品推介会时应景而作。诗中的“太姥”是指福鼎白茶的发源地太姥山。“雪洞”是指福鼎白茶母树生长处“鸿雪洞”。

（四）罗汉论茶十首

罗汉论茶（一）

群山祥云绕，
仙凡路不通。
奇茗何处有？
就在你心中。

罗汉论茶（二）

前世是圣僧，
今生坠红尘。
托钵改托盏，
以茶度世人。

罗汉论茶（三）

有颗茶人心，
猛虎亦可亲。
有张温柔脸，
举世皆知音！

罗汉论茶（四）

每日七碗茶，
活出大自在。
行止任评说，
于我皆无碍！

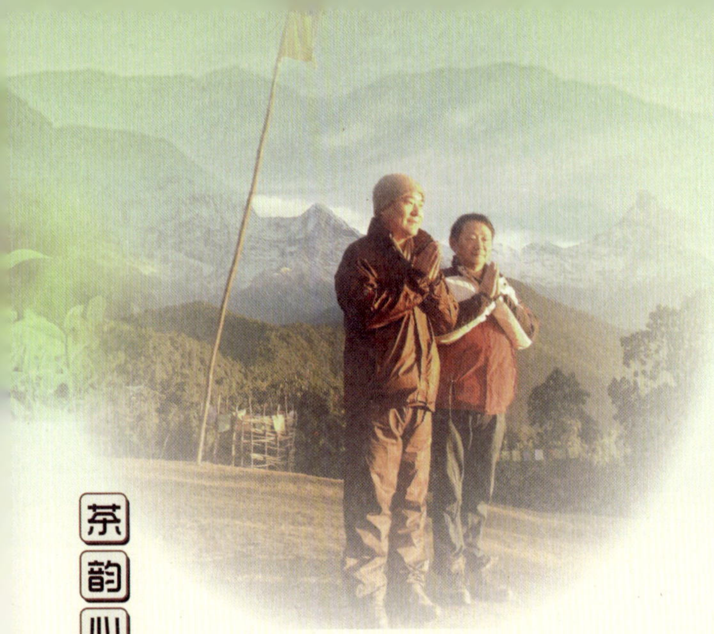

罗汉论茶（五）

师命化缘来，
手捧一茶砵。
何茶可清心？
师父没有说。

罗汉论茶（六）

喝茶可长寿，
罗汉如是说。
世若尚茶德，
寿星必然多。

罗汉论茶（七）

采荷泡早茶，
荷香染晨风。
人生实过客，
何必太匆匆！

罗汉论茶（八）

苦口是诤友，
听香可知音。
无论味浓淡，
一啜忘古今！

罗汉论茶（九）

禅是一枝花，
茶是一枝花。
一对并蒂莲，
清香醉万家。

罗汉论茶（十）

佛性如朗月，
投影茶杯中！
把盏欲吻之，
始悟色即空。

（五）步原韵和友人十首

和净慧①大师（一）

净慧大师赠林治先生：

东南西北走烟霞，踏遍神州为问茶。

足底文章心上道，茶经再续看新葩。

步净慧大师原韵奉和：

佛光慧火映流霞，融入禅味茶非茶。

清神涤髓助悟道，心香一瓣发新葩。

注①：净慧法师，法号妙宗，1933年出生于湖北省新洲，于2013年4月20日上午在湖北省黄梅县四祖寺圆寂，世寿81岁。净慧法师1988年当选为河北省佛教协会，1993年当选为中国佛协会副会长，他倡导“觉悟人生，奉献人生”为宗旨的生活禅，主张“在生活中修行，在修行中生活”，创办了“生活禅夏令营”，使无数善男信女走进禅，了解禅，受用禅的智慧，禅的清凉，禅的慈悲，禅的洒脱。我有幸在编写《神州问茶》时与大师结缘，多次得到他指月开示。这两首偈是恩师2001年11月21日对我的鞭策与鼓励。

和净慧大师（二）

净慧大师赠林治先生：

林下高眠老病身，四时自喜柏为邻。
新书遥寄烟霞外，半是茶情半友情。

步净慧大师原韵奉和：

七尺男儿有限身，寸心愿随师为邻。
烦恼尽抛云天外，唯求觉悟与有情①。

注①：“菩萨”是“菩提萨埵”的略称，是梵语或巴利语。“菩提”意译是“觉悟”，“萨埵”意译是“有情”。

和长兴寿圣寺方丈释界隆法师两首

（一）《晨起观月有感》

释界隆法师原诗：

月依旧，心本然，默契真如口莫言。
若能识得归家路，何需标月手指禅。

步原韵奉和：

月冷艳，笑嫣然，此情羞于对师言。
信步芳草天涯路，皓月是禅花亦禅。

和长兴寿圣寺方丈释界隆法师两首

（二）《题赠六如》

释界隆法师原诗：

吉祥金沙泉水佳，和润顾渚紫笋茶。
寿圣禅意六如成，圆成佛心平等家。

步原韵奉和：

回归佛国心情佳，更喜西天也有茶。
有师指月道自成，六如寿圣本一家。

和陈学荣兄

陈学荣先生贺岁诗：《贺岁》

时光不语岁匆匆，围炉向火点花红。
冷雪寒冰门庭暖，心火燃灯情浓浓。

步原韵奉和：

老来倍觉岁匆匆，惜花犹自恋落红。
残冬围炉因茶暖，品茗读诗情意浓。

和冰城女警杜学辉两首

（一）冰城女警原诗：《茶音》

滇红添香暖袖口，清箫拨耳花雨烹。
晨晖暮霭隐高阁，心无爱恨落笔空。

步原韵奉和：

贡茶村茶皆可口，地水天水随意烹。
把盏邀月醉高阁，杯空壶空心自空。

（二）冰城女警原诗：

风雨潇潇笼万家，小径无尘雷光夏。
犹怜昨夜下弦月，今宵何处照落花。

步原韵奉和：

茶人洒脱胜仙家，浪迹五湖送冬夏。
最喜杯中一轮月，映出人间万丛花。

和沈小淞《推敲》

贵州山猫——沈小淞原诗：

柴门犬吠夜已深，窗外月映立诗僧。
推敲忘入痴徘徊，瓦壶煮茶为谁斟。

步原韵奉和：

月移花影夜已深，闲敲棋子待诗僧。
柴门推敲两皆可，壶中有茶君自斟。

和沈小淞《苦茶》

沈小淞原诗：

茶苦且因舌如剑，书香不为我更新。
千仞壁上狮子吼，入禅出禅心自清。

步原韵奉和：

点亮心灯舞慧剑，今是昨非日月新。
梦里隔岸闻狮吼，花红柳绿水清清。

和袁洁赠藏头诗

袁洁原诗：《林老陶醉》

林间清风送清凉，老树新芽酿新香。
陶然天外不知处，醉倒此间不返乡。

步原韵奉和：

巴山秋风送新凉，桂子花开云飘香。
浪迹天涯不知处，常把茶乡做故乡。

步原韵和杨瑞

杨瑞原诗：《昨夜》

昨夜泥流尚肆行，溪山依旧水清清。
千岩万转有时尽，一样琴声始动听。

步原韵奉和：

晨起煮茗自饯行，茶香心绪两清清。
人生况味言难尽，瓦壶松风且静听。

（六）品茗感悟诗六首

品茶六悟（一）

苦也罢，甘也罢，
甘不贪恋苦不怕。
人生百味一盏茶，
坦然细品味，
甘苦是一家①。

品茶六悟（二）

浓也罢，淡也罢，
无浓无淡无牵挂。
心无执着万般好，
浓时品酽情，
淡时享清雅。

注①：尾句脱胎于清代乾隆皇帝《橄榄茶》中的名句："武夷应喜添知己，清苦原来是一家。"

品茶六悟（三）

冷也罢，热也罢，
世态炎凉任变化。
闲心静品七碗茶，
冷眼看世界，
壶里乾坤大。

品茶六悟（四）

沉也罢，浮也罢，
莫以浮沉论高下。
自由自在展自性，
平生任潇洒，
沉浮无牵挂。

品茶六悟（五）

褒也罢，贬也罢，
世人褒贬皆闲话。
身无傲气有傲骨，
宠辱两不惊，
褒贬皆笑纳。

品茶六悟（六）

贵也罢，贱也罢，
莫以铜臭薰灵芽。
有缘得此苦口师，
启迪真佛性，
此茶值何价？

卷五

词

江城子·童心（仿苏轼）

老夫聊发少年狂，骑木马，游茶山。
巴陵四月，秀色翠连岗。
莺飞草长神仙地，最诱人，是茶香。
茶酣心窍俱开张，童心发，且疏狂。
人生苦短，何物解忧烦？
一盏清茗慰平生，乾坤大，岁月长！

鹧鸪天·忆梦

昨夜依稀回故园，茶烟掩梦绝尘喧。
半榻诗书伴人卧，一盏孤灯忘晨昏。
品苦茶，恋清樽，尽将愁绪付松风。
心闲睡味甜如蜜，嚼碎禅意梦婵娟。

巫山一段云·流年

又见红梅开，流年人无奈。
聊发疏狂邀嫦娥，品茗云天外。
挥扇舞松风，抚弦和天籁。
读月听香忘古今，喜得大自在！

虞美人·叹

少年吟诗曲江畔，桃花红烂漫。
青年放歌诉衷肠，报国无门，长啸送斜阳。
而今颂《经》啜苦茶，两鬓生华发。
风花雪月了无痕，一咏一叹读《南华》。

望江南·春节

天不老，红日又西斜。
试登亮宝楼[①]上看，曲江红霞映梅花，清香醉万家。
春节近，把盏乐无涯。
身在古都夸古国，喜迎新春品新茶，品出好年华。

注①：亮宝楼是西安市曲江新区的一座著名建筑，六如轩茶艺馆曾开设在这里。

望江南·送兔年

送流年，怅望日西斜。
独自漫游曲江畔，闲伴落霞赏梅花，清趣向谁夸？
辞岁夜，最宜品苦茶。
任其玉兔逐逝水，管他金龙入谁家。茶味最清佳！

卜算子·元宵夜

古城升明月，明月照古城。
周秦汉唐一场梦，谁是梦醒人？
曲江春波绿，寒光摇月影。
吃罢元宵忆今宵，杯中茶未冷。

浣溪沙·品桂花龙井茶

月映柳色染窗纱，竹炉瓦壶试新茶：
龙井杯中赏桂花。
诗书闲翻三两页，古琴声中月渐斜。
逍遥自在茶人家。

蝶恋花·情人节品茗

风追彩云云追月，月儿含羞，任云掩娥眉。
倚窗望月煮龙团，心伴茶香唤春回。
春寒袭人人不寐，洞箫声咽，谁教月下吹？
一盏苦茶独品味，个中甘苦知为谁？

蝶恋花·问茶

春意浓浓浓如故，桃李争妍，灵芽发千树。
年年年后恋何处？牵手知己问茶去！
最爱茶乡三月暮，歌遏行云，茶香飘万户。
归来烹茶相对饮，月照芳草天涯路。

渔家傲·七夕感怀

晚风吹荷香细细，曲江芳草连天碧。
痴向银汉望鹊桥，无处觅，新月如钩挂天际。
人生恰如一场戏，生旦净丑全无趣。
所幸与茶结知己，不相弃，伏案挥毫书胸臆。

仿苏轼《行香子·叙怀》

身染红尘，须发如银。梦醒时，已忘时分。曾逐名利，劳心伤神。回首平生，似流萤，似漂萍。抛却功名，转与茶亲。乐陶陶，率性任真。余生几何？作个闲人！对一壶茶，千溪月，万壑云。

苏轼原词《行香子》

清夜无尘，月色如银。酒斟时、须满十分。浮名浮利，虚苦劳神。叹隙中驹，石中火，梦中身。虽抱文章，开口谁亲。且陶陶、乐尽天真。几时归去，作个闲人。对一张琴，一壶酒，一溪云。

相见欢·武夷茶会

有缘相聚茶观，月弯弯。
院外秋风，频颂好时光。
会旧友，交新朋，醉茶香。
能不迷恋武夷山？

如梦令·茶

道是琼浆不是。道是甘露不是。
绿绿与红红，皆蕴天地真味。
曾记？曾记！
当初一闻即醉。

忆秦娥·四月

茶山碧，绿肥红瘦香满地。
香满地，怅对花雨，留春无计。
昨夜梦回伤心地，灵芽连云风细细。
风细细，半抚华发，半牵回忆！

忆秦娥·新柳

柳枝碧，漫卷东风舞旖旎。舞旖旎！
青丝婀娜，牵动离意。
曲江自古伤心地，一碗苦茶耿相忆。耿相忆！
岁月如梭，人生如戏。

忆秦娥·秦川春雪

天初晓，琴音悠悠茶香绕。
茶香绕，佛堂花开，禅心不老。
瑞雪适时沃春草，神州霾消心情好。
心情好，焚香祈祷：祖国春早！

忆王孙·雨夜闻蛙煎茶

曲江微雨夜闻蛙，
长安四月处处花。
红袖焚香我煎茶，乐无涯。
春满寻常茶人家！

一剪梅·张家界

清风送我入天门，
云拥奇峰，花染奇峰。
归来煮茗忆此游，
山也销魂，水也销魂。

一剪梅·迎羊年

三阳开泰迎新年，花影娟娟，人影翩翩。
欢歌笑语不夜天。华灯万千，美酒万千。
今年辞岁多奇景：百姓入筵，贪官入监。
习习春风暖人间。任性今天，共创明天！

月下吟·题照

云破月出花弄影，雨后良夜风清。
喜看嫦娥当空舞，对影月下闲吟！
此夜此景谁共？草木皆我知音。
常伴落花品苦茶，其味常品常新。

小重山·追梦

曲江大道车隆鸣，惊回千里梦，已三更。
起来泡茶独自品，念远客，霜天月空明。
最苦是离情。南向万重山，问归程。
欲谱心曲付瑶琴，知音少，弦断有谁听？

临江仙·春夜品茶

闲对瓦壶听茶沸，怅望梅谢疏枝。
拾片落红寄相思。
细从今日数，余生几多时？
品茶不劳人相劝，甘苦皆可入诗。
『难得糊涂』老始知。
品出醍醐味，有幸成茶痴！

阮郎归·端午节

昨夜晚风示温柔，吹梦游神州。
又见万家包香粽，只只裹闲愁，
屈子恨、白蛇怨，往事皆悠悠。
且践断桥三生约，泛舟说风流。

小桃红·冬夜

瓶中花开吐幽怨，频把暗香送。
夜深煮茶邀花品，花不言，默默望我似心动。
心动？心动！今夜与花同梦！